퇴근 후 에세이 한 편

김현미

루이앤휴잇

오늘 하루도 수고한 당신에게
따뜻한 위로와 행복을 선물합니다

대학 시절, 시인 이상(李箱)에게 빠진 적이 있다. 정확히는 그의 글을 흠모했다. 그런 나머지 그의 글이란 글은 모두(?) 찾아서 읽다시피 했다.

내가 아는 한 이상은 천재다. 그렇지 않고서야 꽁보리밥도 귀해 굶기를 다반사로 하던 시절에, 글을 아는 사람보다 모르는 사람이 훨씬 더 많던 시절에, 소설이나 시라는 개념조차도 명확하지 않던 때에, 그처럼 창조적이고 전위적인 글을 감히 쓸 수 없었으리라.

그의 글은 깜깜한 밤하늘의 유성우처럼 반짝이며 빛났다. 하지만 왠지 낯설다. 지나치게 기교를 부린 것도 아니고, 심오한 사상이나 이념을 담은 것도 아닌 데 말이다. 낯섦. 이것이 바로 당대 사람들이 그의 글을 보고 느꼈던 솔직한 마음이었을 것이다. 그러다 보니 자연 거부감이 들었을 테고, 결국 어린아이의 말장난이나 미친 사람의 헛소리로 치부하고 말았다.

이상은 시대를 앞서간 작가다. 그 이전까지 많은 작가가 고수하던 오랜 관습과 타성, 고루한 글쓰기 방식을 일거에 깨뜨려버린 문단의 아나키스트이기도 하다. 그만큼 당대 그와 그의 글을 둘러싼 논란은 매우 컸다.

현재 이상이 우리 문학에서 차지하는 위상은 자못 크다. 그의 이름을 딴 상도 만들어져, 글을 쓰는 사람이면 꼭 한 번쯤 받고 싶은 상이 되었다. 그와 그의 글이 바뀐 것은 전혀 없다. 그것을 바라보는 시대와 사람의 생각이 바뀌었을 뿐이다.

이상의 글을 비롯해 평소 즐겨 읽던 작가들의 글 중 가장 감동적이고 아름다운 이야기를 계절별로 엮었다. 책속에는 따뜻한 위로와 감동, 행복이 그득하다. 이를 위해 읽는 사람이 지루하지 않도록 몇몇 편을 제외하고는 대부분 글이 네 페이지를 넘기지 않는다. 따라서 시간적인 제약을 받지 않을뿐더러 언제, 어디서나 쉽고 편하게 읽을 수 있다. 또한, 가독성을 높이기 위해 옛 구어체 문장을 현대에 사용하는 말로 바꿨으며, 한자어와 어려운 단어에는 일일이 주석을 달았다.

잠들기 전에 잠시 읽어도 좋고, 퇴근길에 버스나 지하철에서 잠시 읽어도 좋다. 또한, 기쁠 때, 슬플 때, 외로울 때, 혼자이고 싶을 때, 위로와 격려가 필요할 때 읽다 보면 흐트러진 마음을 다잡을 수 있을 뿐만 아니라 삶의 새로운 활력소를 얻을 수 있다. 봄, 여름, 가을, 겨울 등 계절이 변해가는 모습을 시시각각 담고 있는 것도 색다른 재미다. 이에 작가들이 차려놓은 언어의 성찬을 즐기면서 우리의 삶을 더욱 아름답고 풍요롭게 만들 수 있다. 단, 빨리빨리가 아닌 여유를 갖고 느긋하게 읽어야 한다. 그래야만 글의 아름다움뿐만 아니라 깊은 감동과 오랜 여운을 간직할 수 있기 때문이다.

Part 2 푸른 바다의 추억을 떠올리며

Part 3 꽃이 진 자리마다 열매가 익어가네

Part 4 눈이 오는 날엔 누구에게나 천사가 되어주고 싶다

Part 1 꽃이 피면 그대가 그립다

나의 소년 시절은 은빛 바다가 엿보이는 그 긴 언덕길을 어머니의
상여(喪輿)와 함께 꼬부라져 돌아갔다.

내 첫사랑도 그 길 위에서 조약돌처럼 집었다가 조약돌처럼 잃어버렸다.
그래서 나는 푸른 하늘빛에 호젓(혼자) 때 없이 그 길을 넘어 강가로 내려갔다가도
노을에 함북 자줏빛으로 젖어서 돌아오곤 했다.

– 김기림, 〈길〉 중에서

봄을 맞는 우리 집 창문

#01

_강경애

여기는 아직도 백설(白雪)이 분분(粉粉, 산산조각이 남)하여 봄의 기분을 쉬이 맛볼 수 없다. 그러나 모질게 몰아치는 그 바람과 어지럽게 떨어지는 그 눈송이에도 여인의 바쁜 숨결 같은 것을 볼 위에 흐뭇이 느끼게 됨은 봄이 오는 자취가 아닐까.

나는 바느질을 하다 말고 멍하니 유리창을 바라본다. 오늘 저 유리문은 햇빛을 고이 받아 환히 틔었다. 언제나 저 문엔 누가 그리는 사람도 없는데 갖가지 그림이 아로새겨진다. 때로는 제법 어떤 화가의 손으로 정성스레 그려진 듯이 산이 솟아 있고, 물이 흐르고, 망망(茫茫, 넓고 멀어아득한 모양)한 바다에 흰 돛대가 오뚝 솟아 초승달마냥 까부라져 있다. 그런데 오늘은 아무것도 그려져 있지 않고 파란 하늘을 한 가슴 가득 안고 있다. 우리 고향 뒤뜰 풀숲 속에 숨어 있는 박우물처럼 맑게 하늘을 안고 있다.

앞집 뜰에 서 있는 포플러나무가 우리 뜰의 것처럼 가깝게 보이고, 앞집 지붕에 녹다 남은 눈 떨기는 가을의 목화송이처럼 여기저기 널려 있다. 포플러 가지가지는 하늘을 바라보고 까맣게 솟아 있다. 그 가지 끝이 뾰족함은 하늘을 그리워 파리해진 듯하고, 제각기 하늘을 쳐다봄은 역시 하늘을 얼마나 그리워함일까.

어디선가 참새들이 포르릉포르릉 날아와서 나뭇가지 임금(林檎, 능금. 즉 사과)처럼 매달리고 있다. 손을 내밀어 한 놈 똑 따서 먹고 싶다. 그 임금은 살아서 파닥파닥 날아다닌다. 빨갛게 익은 가을 임금처럼 미각으로써 나를 유혹하기보다 그들의 가슴에 방금 끓고 있을 삶이 나를 끌고 있다. 그들의 가슴에 빨간 피가 있기에 임금 같으면서도 톡톡 튀어 다니는 것이요. 그 예쁜 머리를 되툭되툭하여 먹을 것을 찾는 것이 아니뇨.

'이리 온, 내 쌀 한 줌 줄게.'

내 입에서는 부지중에 이런 말이 나오려고 옴씰옴씰(깜짝 놀라서 잇따라 몸을 뒤로 조금 움츠리는 모)한다. 그러나 새들은 내 맘을 아는지 모르는지 가지에서 가지로 오르내리며 재재거리고 있다.

저들은 필시 하늘에 올라갔다가 왔음인지 날개마다 하늘이 물들었고, 그 동그란 눈엔 하늘이 파랗게 떠 있다. 간혹 나뭇가지 그림자도 그 눈에 가로질리나 그것은 잠깐이요, 하늘에 동동 떠 있는 흰 구름이 그들의 눈에 눈곱처럼 끼어 있다.

그들의 가슴에 있는 보드랍고 따뜻한 털에는 구름을 거슬러 날던 자취가 아직도 남아 있을 게고, 지금 싸늘한 나뭇가지가 그들의 가슴에서 포근히 녹고 있을 것이다. 그 주둥이 같은 움이 가지에서 파랗게 돋지 않으려나.

갑자기 그들이 후르르 뜰에 떨어진다. 예전 밤알처럼 뒹굴고 있다. 치마 앞을 벌리고 한 알 두 알 주워 넣고 싶다. 그러면 치마 속에서 또 파닥파닥 날뛸 테지. 그리고 노르칙칙한 새 냄새가 몰씬몰씬 내 코밑에 부딪히겠지.

밤알은 대굴대굴 굴러다니며, 내가 버린 구정물에서 쌀알을 골라 쪼아 먹고 있다. 그 조그만 쌀알이 어쩌면 저리도 잘 보일까. 눈도 밝지, 돌 아래 흙 속에 묻히어 있는 쌀알을 기어이 얻어내고야 만다. 그 눈은 아마도 밤하늘의 별인가보다.

그 갸웃거리는 조그만 목에 누가 저리도 하얗고 부드러운 목도리를 해주었을까. 어느 산기슭에서 포근히 잠들었을 때 그 위로 살살 감돌던 안개란 놈이 그들의 따뜻한 목에 감긴 게지.

그들은 포르릉 날아 아까 그 나뭇가지로 올라간다. 뭐라고 열심히 재재거리는데, 난 알아들을 수가 없다. 재미난 옛날이야기이거나 앞으로 살아갈 이야기를 하는 모양.

나뭇가지는 하늘이 전해주는 무슨 소식이나 있을까 하여 가지마다 긴장되어서 가만히 그들의 털에 귀를 대고 있다. 그들은 주둥이로 나뭇가지를 간지럽게 톡톡 쪼아댄다.

그 모습이 마치,

"봄이 온다, 곧 봄이 온다."

라고, 하는 것만 같다.

그들은 포르릉 날아간다. 그들이 날아간 곳을 바라보니, 하늘이 깊은 호수처럼 파랗게 개었다.

그들은 얼마나 자유로울까. 저 하늘은 저들을 위하여 저리도 넓고 깊고 또 저리도 파란 것 같다.

나는 문득 창문을 쳐다보았다.

"한 푼 줍쇼."

어린 거지가 창문 밖에 서서 나를 보고 머리를 수긋한다(고개를 조금 숙임). 그 보기 싫게 좋은 머리며, 때가 낀 얼굴, 남루한 옷주제에, 나는 무의식 간에 얼굴을 찡그렸다. 그리고 어서 속히 쫓기 위하여 지갑에서 돈 한 푼을 꺼내 내쳐 주었다.

"고맙습니다."

어린 거지는 나가버린다. 나는 거지의 신발 소리가 사라지자 참새들과 어린 거지를 문득 비교해 보았다.

#02
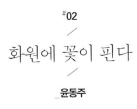

화원에 꽃이 핀다

_윤동주

개나리 · 진달래 · 앉은뱅이 · 라일락 · 민들레 · 찔레 · 복사 · 들장미 · 해당화 · 모란 · 릴리(백합) · 창포 · 카네이션 · 봉선화 · 백일홍 · 채송화 · 달리아 · 해바라기 · 코스모스 — 코스모스가 홀홀히(문득 갑작스럽게) 떨어지는 날 우주의 마지막은 아닙니다. 여기에 푸른 하늘이 높아지고 빨간, 노란 단풍이 꽃에 못지않게 가지마다 물들었다가 귀또리(귀뚜라미) 울음이 끊어짐과 함께 단풍의 세계가 무너지고 그 위에 하룻밤 사이에 소복이 흰 눈이 내려, 내려 쌓이고 화로(火爐)에는 빨간 숯불이 피어오르고 많은 이야기와 많은 일이 이 화롯가에서 이루어집니다.

독자 제현(讀者 諸賢, 현명한 독자 여러분)! 여러분은 이 글이 쓰이는 때를 독특한 계절로 짐작해서는 아니 됩니다. 아니, 봄 · 여름 · 가을 · 겨울 어느 철로나 상정(想定, 어떤 정황을 가정적으로 생각하여 단정함. 또는 그런 단정)하셔도 무방합니다. 사실 일 년 내내 봄일 수는 없습니다.

그러나 이 화원에는 사철 내 봄이 청춘들과 함께 싱싱하게 등대(等對, 같은 자격으로 마주함)하여 있다고 하면 과분한 자기선전일까요. 하나의 꽃밭이 이루어지는 것은 손쉽게 되는 것이 아니라 고생과 노력이 있어야 하는 것입니다. 딴은 얼마의 단어를 모아 이 졸문을 지적 거리는 데도 내 머리는 그렇게 명석한 것이 못 됩니다. 한 해 동안을 내 두뇌로서가 아니라 몸으로써 일일이 헤아려 세포 사이마다 간직해두어야 겨우 몇 줄의 글이 이루어집니다. 그리하여 나에게 있어 글을 쓴다는 것이 그리 즐거운 일일 수는 없습니다. 봄바람의 고민에 짜들고, 녹음의 권태에 시들고, 가을 하늘 감상에 울고, 노변(爐邊, 화로나 난로 주변)의 사색에 졸다가 이 몇 줄의 글과 나의 화원과 함께 나의 일 년은 이루어집니다.

시간을 먹는다는—이 말의 의의와 이 말의 묘미는 칠판 앞에 서 보신 분과 칠판 밑에 앉아 보신 분은 누구나 아실 것입니다.—그것은 확실히 즐거운 일임이 틀림없습니다. 하루를 휴강한다는 것보다—하긴 슬그머니 까먹어버리면 그만이지만—다 못한 시간, 예습, 숙제를 못 해왔다든가 따분하고 졸리고 한때, 한 시간의 휴강은 진실로 살로 가는 것이어서, 만일 교수가 불편하여서 못 나오셨다고 하더라도 미처 우리들의 예의를 갖출 사이가 없는 것입니다. 그러나 이것을 우리들의 망발과 시간의 낭비라고 속단하여선 아니 됩니다.

여기 화원이 있습니다. 한 포기 푸른 풀과 한 떨기의 붉은 꽃과 함께 웃음이 있습니다. 노트 장을 적시는 것보다 한우충동(汗牛充棟, 수레에 실어 운반하면 소가 땀을 흘릴 정도의 양이란 뜻으로 책이 많음을 뜻함)에 묻혀 글줄과 씨름하는 것보다 더 명확한 진리를 탐구할 수 있을는지, 보다 더 많은 지식을 획득할 수 있을는지보다 더 효과적인 성과가 있을지를 누가 부인하겠습니까.

나는 이 귀한 시간을 슬그머니 동무들을 떠나서 단 혼자 화원을 거닐 수 있습니다. 단 혼자 꽃들과 풀들과 이야기할 수 있다는 것이 얼마나 다행한 일이겠습니까. 참말 나는 온정으로 이들을 대할 수 있고, 그들은 나를 웃음으로 맞아줍니다. 그 웃음을 눈물로 대한다는 것은 나의 감상일까요. 고독, 정숙도 확실히 아름다운 것임이 틀림이 없으나, 여기에 또 서로 마음을 주는 동무가 있는 것도 다행한 일이 아닐 수 없습니다. 우리 화원 속에 모인 동무 중에, 집에 학비를 청구하는 편지를 쓰는 날 저녁이면 생각하고 생각하던 끝에 겨우 몇 줄 써 보낸다는 A군, 기뻐해야 할 서유(書留, 월급봉투)를 받아든 손이 떨린다는 B군, 사랑을 위하여서는 밥맛을 잃고 잠을 잊어버린다는 C군, 사상적 당착에 자살을 기약한다는 D군…… 나는 이 여러 동무의 갸륵한 심정을 내 것인 것처럼 이해할 수 있습니다. 서로 너그러운 마음으로 대할 수 있습니다.

나는 세계관, 인생관, 이런 좀 더 큰 문제보다 바람과 구름과 햇빛과 나무와 우정, 이런 것들에 더 많이 괴로워했는지도 모르겠습니다. 단지 이 말이 나의 역설이나 나 자신을 흐리는 데 지날 뿐일까요. 어떤 이들은 현대 학생 도덕이 부패했다고 말합니다. 스승을 섬길 줄을 모른다고들 합니다. 옳은 말씀입니다. 부끄러울 따름입니다. 그러나 이 결함을 괴로워하는 우리 어깨에 지워 광야(曠野)로 내쫓아버려야 하나요. 우리의 아픈 곳을 알아주는 스승, 우리의 상처(원문에서는 '생채기'로 표현)를 어루만져주는 따뜻한 세계가 있다면 박탈된 도덕일지언정 기울여 스승을 진심으로 존경하겠습니다. 온정(溫情)의 거리에서 원수를 만나면 손목을 붙잡고 목 놓아 울겠습니다. 세상은 해를 거듭 포성(砲聲)에 떠들썩하건만 극히 조용한 가운데 우리 동산에서 서로 융합할 수 있고, 이해할 수 있고, 종전의 ○○가 있는 것은 시세의 역효과일까요.

봄이 가고, 여름이 가고, 가을 코스모스가 홀홀히 떨어지는 날이 우주의 마지막은 아닙니다. 단풍의 세계가 있고 ─ 이상이견빙지(履霜而堅氷至, 서리를 밟거든 얼음이 굳어질 것을 각오하라 ─가 아니라, 우리는 서릿발에 끼친 낙엽을 밟으면서 멀리 봄이 올 것을 믿습니다.

노변(爐邊)에서 많은 일이 이뤄질 것입니다.

봄을 맞는다

_최서해

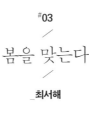

"봄을 맞는다."

말로만 들어도 좋은 것이다. 그러나 사람이 봄을 맞는지, 봄이 사람을 맞는지 분간하기 어려운 일이다.

내 생각 같아서는 아직도 혈관에서 붉은 피가 소용돌이를 치니까 봄을 맞는다는 말이 나오나 보다. 하지만 사람이라는 것도 죽기만 하는 것은 아니다. 나고 죽고 나서 "중생은 무궁무진한 것이니라." 라고 한 부처님의 말씀이 아니라도 우리는 우리의 경험으로써 사람의 끈이란 억천만 대의 꿰어놓은 한 구슬 꾸러미인 것을 알 수 있다. 그러니 가고 오고, 오고 가는 봄의 생명인들 별다를 것 없다.

그러고 보면 '봄을 맞는다'는 말은 사람이 봄을 맞는지 봄이 사람을 맞는지 더욱 분간하기 어렵다. 그러나 그것은 우리에게 큰 문제는 아니다. 봄이 사람을 맞든지 사람이 봄을 맞든지 그것은 아무런 상관없는 일이기 때문이다.

봄은 계절의 젊은이다. 그래서 우리에게 큰 충동을 준다. 우리는 젊었다. 젊은 우리는 우리를 싸고 흐르는 계절의 젊은이와 마주칠 때마다 가슴에 잠겼던 마음이 흔들리는 것을 느끼지 않을 수 없다. 흔들리는 그 마음은 지향 없는 어지러운 물결은 아니다. 젊은 그 마음의 움직임은 새싹과 같은 움직임이다. 그것은 장차 바위라도 뚫고 푸른 하늘, 빛나는 햇발을 향하여 솟아오르고야 말 것이다.

"봄은 단술과도 같아서 사람을 취하게 한다."

그렇다. 봄은 우리를 취하게 한다. 그러나 그것은 술맛은 아니다.

우리의 뇌를 마비시키는 그런 것도 아니다.

우리는 봄에 취함으로써 한 치 한 치 자라간다. 한 걸음, 두 걸음 앞을 그리워한다. 겨울 나뭇가지 같은 앙상한 신경에 기름이 돌고 갇히었던 마음에 싹이 돋는다.

미래를 향하여 싹트는 마음은 새로운 것이다. 앞길을 생각하고 졸이는 마음은 옛날을 생각하고 졸이는 마음과는 같이 말할 것이 아니다.

우리는 봄을 맞자. 봄은 우리를 맞으라. 우리는 그대를 맞으리라.

'봄——'이 얼마나 좋은 소식이냐.

우리는 그를 그렸거니와 그도 우리를 그렸을 것이다. 젊은이가 젊은이를 그렸을 것이다. 그리던 그 봄이거니, 그리던 그를 어찌 기쁨으로써 맞지 않으랴.

서망율도(西望栗島)

_이 상

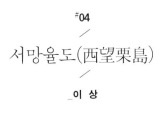

삼동(三冬, 겨울의 석 달. 즉, 한겨울)에 배꽃이 피었다는 동네에는 마른 나무에 까마귀가 간수처럼 앉아 있을 뿐이었다.

비탈에서는 적톳빛 죄수들이 적토를 헐어 낸다. 느끼하니 냄새를 풍기는 진창길에 발만 성가시게 적시고 그만 갈 바를 잃었다.

강으로나 가볼까. 울면서 수채화를 그리던 바위 위에서 나는 도(度, 도수) 없는 안경알을 닦았다. 바위 아래 갈피를 잡지 못하는 3월 강물이 충충하다. 시원찮은 볕이 들었다 났다 하는 밤섬을 서(西)에 두고 역청(瀝青, 흑갈색)을 풀어 놓은 것 같은 물결을 나는 몇 번이나 몇 번이나 내려다보았다.

향방(鄕邦)의 풍토는 모발 같아
건드리면 새빨개진다.

갯가(물가의 가장자리)에서 짐 푸는 소리가 한가하다. 개흙 묻은 장작 더미 곁에서 낮닭이 거웁고, 배들은 다 돛폭을 내렸다. 벌써 내려놓은 빨랫방망이 소리가 얼마 만에야 그도 등 뒤에서 들려왔다. 나는 별안간 사람이 그리워졌다.

갯가에서 한 집 목로(木壚, 널빤지로 좁고 기다랗게 만든 상을 놓고 술을 파는 선술집)를 들렀다. 손(손님)이 없다.

무명조개 껍데기가 너덧 석쇠 놓인 화롯가에 헤뜨려져(쌓이거나 모인 물건이 흩어 짐) 있을 뿐. 목로 뒷방에서 아주머니가 인사 없이 나온다. 손 베어질 것 같은 소복에 반지는 끼지 않았다.

얼큰한 달래 나물에 한 잔 술을 마시며 나는 목로 위에 싸늘한 성모(聖母)를 느꼈다. 아픈 혈족의 '저'를 느꼈다.

향방의 풍토는

모발 같아

건드리면

새빨개진다.

그러고 나서는

혈족이 저물도록

내 아픈 데가 닿아서

부드러운 구두 속에서도

일마다아리다.

밤섬이 싹을 틔우려나 보다. 걸핏하면 뺨 얻어맞는 눈에 강 건너 일판이 그냥 노오랗게 헝클어져서는 흐늑흐늑(나뭇가지나 머리카락 따위의 얇고 긴 물체가 자꾸 느리고 부드럽게 흔들리는 모양)해 보인다.

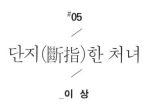

단지(斷指)한 처녀

_이 상

들판이나 나무에 핀 꽃을 똑 꺾어본 일이 없다. 그건 야생 것을 더 귀하다고 한답시고 해서 그런 게 아니라 대체가 성격이 비겁하게 생겨먹은 탓이다. 못 꺾는 축보다는 서슴지 않고 꺾을 수 있는 사람이 역시— 매사에 잔인하다는 소리를 듣는 수는 있겠지만— 영단(英斷, 지혜롭고 용기 있는 결단)이란 우수한 성격적 무기를 가진 게 아닌가 한다.

끝엣누이(막내여동생) 동무 되는 새색시가 그 어머니 임종에 왼손 무명지를 끊었다. 과연 동양 도덕의 최고 수준을 건드렸다고 해서 무슨 상인지 돈 삼 원을 탔단다. 세월이 세월 같으면 번듯한 홍문(紅文, 궁전이나 왕릉 등에 있는 붉게 칠한 문)이 서야 할 계제에 돈 삼 원이란 어떤 도량형법으로 산출한 액수인지는 알 바 없거니와 그 보다도 잠깐 이 단지한 새색시 자신이 되어 생각을 해보니 소름이 끼친다. 사뭇 식도(食刀, 식칼)로다 한 번 찍어 안 찍히는 것을 두 번 찍고, 세 번 찍고, 열 번 찍어 안 넘어가는 나무가 없다는 격으로 기어이 찍어 떨어뜨렸다니, 그 하늘이 동할 효성도 효성이지만, 우선 이 끔찍끔찍한 잔인성은 상상만 해도 몸서리가 치고도 오히려 남음이 있다. 이렇게 해서 더러 죽은 어머니를 살리는 수가 있다니, 그것을 의학이 어떻게 교묘하게 설명해 줄진 모르나 도무지 신화 이상의 신화다.

원체 동양 도덕으로는 신체발부에 창이(瘡痍, 상처)를 내는 것은 엄중히 취췌(금지)한다고 과문(寡聞, 보고 들은 것이 적음)이 들어왔거늘, 그럼 이 무시무시한 훼상(毀傷)을 왈, 그중에도 으뜸이라는 효도의 극치로 대접하는 역설적 이론의 근거를 찾기 어렵다. 무슨 물질적인 문화에 그저 맹종하자는 것이 아니라 시대와 생활 시스템의 변천을 좇아서 거기에 따르는, 역시 새로운, 즉 이 시대와 이 생활에 준구(準矩, 근거)되는 적확한 윤리적 척도가 생겨야 할 것이 아니라 의식적으로 입법해내야 할 것이다.

단지(斷指)—이 너무도 독한 도덕 행위는 오늘 우리가 짊어지고 있는 어떤 종류의 생활 시스템이나 사상적 프로그램으로 재어보아도 일종의 무지한 야만적 사실임을 부정하기 어려운 외에 아무 취할 것이 없다. 알아보니까, 학교도 변변히 못 가본 규중처녀라니, 물론 학교에서 얻어 배운 것은 아니겠고, 그렇다면—어른들의 호랑이 담배 먹는 옛이야기나, 그렇지 않으면 울긋불긋한 각설이 떼의 효자충신전이 트여준 것임이 틀림없을 것이다. 그 밖에는 손가락을 잘라서 죽는 부모를 살릴 수 있다는 가엾은 효법(孝法)을 이 새색시에게 여실히 가르쳐줄 수 있을 만한 길이 없다. 아—전설의 힘의 이렇듯 큼이여.

그러자 수삼일 전에 이 새색시를 보았다. 어머니를 잃은 크나큰 슬픔이 만면에 형언할 수 없는 추색을 빚어내는 새색시의 인상은 독하기는커녕 어디 한 군데 흠 잡을 데조차 없는 가련하고 온순한, 그야말로 하디(토마스 하디, 영국의 소설가)의 '테스' 같은 소녀였다. 누이는 그냥 제 일처럼 붙들고 울고 하는 곁에서 단지에 대한 그런 아포리즘과는 다른 감격과 슬픔을 느끼지 않을 수 없었다. 기적으로 상처는 도지지도 않고 그냥 아물었으니 하늘이 무심치 않다고 생각했다.

여하간, 이 양(羊)이나 다름없이 부드럽게 생긴 소녀가 제 손가락을 넓적한 식도로다 데겅 찍어 내었다는 것은 꿈에도 생각할 수 없다. 다만, 그의 가련한 무지와 가중한 전통이 이 새색시에게 어머니를 잃고, 자기는 평생 불구자가 되게 한 이중의 비극을 낳게 한 것이다.

극구 칭찬하는 어머니와 누이에게 억제하지 못할 슬픔은 슬쩍 감추고 일부러 코웃음을 치고—여자란 대개가 도무지 잔인하게 생겨 먹었습니다. 밤낮으로 고기도 썰고, 두부도 썰고, 생선 대가리도 죽이고, 나물도 뜯고, 버들가지를 꺾어서는 피리도 만들고, 피륙도 찢고, 버선감도 싹둑싹둑 썰어내고, 허구한 날 하는 일이 일일이 잔인하기 짝이 없는 것뿐이니, 아따 제 손가락 하나쯤은 비웃(생선) 한 마리 토막 치는 셈만 치면 찍히지—하고 흘려버린 것은 물론 기변이요, 속으로는 역시 그 갸륵한 지성과 범키 어려운 일편단심에 아파하지 않을 수 없었고, 존경하는 마음으로 하여 머리 수그리지 않을 수 없었다.

불행히 시대에서 비켜선 지고(至高)한 효녀 그 새색시! 그래, 돈 삼 원에다 어느 신문 사회면 저 아래에 칼표 딱지만 한 우메구사(短新, 단신)를 장만해준 것밖에 무엇이 소저(小姐, 아가씨)의 적막해진 무명지 억울한 사정을 가로맡아 줍디까. 당신을 공경하면서 오히려 '단지'를 미워하는 심사 저 뒤에는 아주 근본적으로 미워해야 할 무엇이 가로놓여 있는 것을 소저 그대는 꿈에도 모르리다.

* 1936년 3월 3일~26일 《매일신보》에 발표 된 〈조춘점묘〉 시리즈의 두 번째 이야기
* 조춘점묘(早春點描) - 이른 봄에 도회의 풍경을 내려다보며 생각한 것을 그림처럼 표현한 것을 말함.

실낙원

_이 상

소녀

소녀는 확실히 누구의 사진인가 보다. 언제든지 잠자코 있다. 소녀는 때때로 복통이 난다. 누가 연필로 장난을 한 까닭이다. 연필은 유독하다. 그럴 때마다 소녀는 탄환을 삼킨 사람처럼 창백하다고 한다.

소녀는 때때로 각혈을 한다. 그것은 부상당한 나비가 와서 앉는 까닭이다. 나뭇가지는 부러지고 만다.

소녀는 단정(短艇, 작은 배) 가운데 있었다. ― 군중과 나비를 피해 냉각된 수압이, 냉각된 유리의 기압이, 소녀에게 시각만을 남겨주었다. 그리고 허다한 독서가 시작된다. 덮은 책 속에 혹은 서재 어떤 틈에 곧잘 한장의 '얇은 것'이 되어 숨고는 한다.

내 활자에 소녀의 살결 냄새가 섞여 있다. 내 제본에 소녀의 인두 자국이 남아 있다. 이것만은 어떤 강렬한 향수로도 헷갈리게 하는 수 없을―

사람들은 그 소녀를 내 처라고 해서 비난하였다. 듣기 싫다. 거짓말이다. 정말이 소녀를 본 놈은 하나도 없다.

그러나 소녀는 누구나의 처가 아니면 안 된다. 내 자궁 가운데, 소녀는 무엇인가를 낳아 놓았으니, 그러나 나는 아직 그것을 분만하지 않았다. 이런 소름 끼치는 지식을 내어버리지 않고서야—그렇다는 것이—체내에 먹어 들어오는 연탄처럼 나를 부식시켜 버리고야 말 것이다.

나는 이 소녀로 화장(火葬)해 버리고 그만두었다. 내 비공(鼻孔, 콧구멍)으로 종이 탈 때, 나는 그런 냄새가 어느 때까지라도 저회(低徊, 머리를 숙이고 생각에 잠겨 왔다 갔다)하면서 사라지려 하지 않았다.

육친의 장

기독('그리스도'의 음역어)에 혹사한 한 사람의 남루한 사나이가 있었다. 다만, 기독에 비해 눌변(訥辯, 더듬거리는 서툰 말솜씨)이요, 어지간히 무지한 것만이 틀리다면 틀렸다.

연기 50유 1(年紀伍十有一).

나는 이 모조 기독을 암살하지 않으면 안 된다. 그렇지 않으면 내 일생을 압수하려는 기색이 바야흐로 농후하다.

다리 한쪽을 절름거리는 여인 하나가 언제든지 돌아선 자세로 내게 육박한다. 내 근육과 골편과 또 약소한 입방의 혈청과의 원가 상환을 청구하는 모양이다. 그러나—내게 그만한 돈이 있을까. 소설을 써봐야 푼돈도 되지 않는다. 이런 흉장의 배상금을—도리어—물어내라 그러고 싶다. 그러나— 어쩌면 저렇게 심술궂은 여인일까. 나는 이 추악한 여인으로부터도 도망가지 않으면 안 된다.

단 한 개의 상아 스틱, 단 한 개의 풍선.

묘혈에 계신 백골까지 내게 무엇인가를 강요하고 있다. 그 인감은 이미 실효된 지 오래다. 하지만 그것은 꿈에도 생각하지 않고 '그 대상으로 나는 내 지능의 전부를 기권하리라.'

칠 년이 지나면 인간 전신의 세포가 최후의 하나까지 교차된다고 한다. 칠 년 동안 나는 이 육친들과 관계없는 식사를 하리라. 그리고 당신네를 위하는 것도 아니고, 또 칠 년 동안은 나를 위하는 것도 아닌 새로운 혈통을 얻어 보겠다—하는 생각을 하여서는 안 된다.

돌려보내라고 하느냐. 칠 년 동안 금붕어처럼 개흙만을 토하고 지내면 된다. 아니—메기처럼.

실낙원

천사는 어디에도 없다. 파라다이스는 빈터다. 때때로 두세 명의 천사를 만날 때가 있다. 제각각 다 쉽사리 내게 키스를 해준다. 그러나 홀연히 즉시 죽어버린다. 마치 웅봉(雄蜂, 벌의 수컷)처럼— 천사는 천사끼리 싸움을 하였다는 소문도 있다.

나는 B군에게 내가 향유하고 있는 천사의 시체를 처분해버리겠다고 이야기할 생각이다. 그러면 여러 사람을 웃길 수도 있을 것이다. 사실 S군 같은 사람은 깔깔 웃을 것이다. 그도 그럴 것이 S군은 5척이 넘는 훌륭한 천사의 시체를 십 년 동안이나 충실하게 보관해온 경험이 있으니까—

천사를 다시 불러서 돌아오게 하는 응원기 같은 기는 없을까. 천사는 왜 그렇게 지옥을 좋아하는지 모르겠다. 지옥의 매력이 천사에게도 차차 알려진 것은 아닐까.

천사의 키스에는 색색이 독이 들어 있다. 키스를 당한 사람은 꼭 무슨 병이든지 앓다가 그만 죽어 버리는 것이 예사다.

면경(面鏡, 거울)

철 필 달린 펜촉 하나. 잉크병. 글자가 적혀 있는 지편(모두가 한 사람 것).

부근에는 아무도 없는 것 같다. 그리고 그것은 읽을 수 없는 학문이 아닌가 싶다. 남아 있는 체취를 유리의 '냉담한 것' 덕(德)하지 아니하니, 그 비장한 최후의 학자는 어떤 사람이었는지 조사할 길이 없다. 이 간단한 장치의 정물은 '투탕카멘(이집트 제18왕조 제12대 왕)'처럼 적적하고 기쁨을 보이지 않는다.

피만 있으면, 최후의 혈구 하나가 죽지만 않았으면, 생명은 어떻게라도 보존되어 있을 것이다.

피가 있을까. 혈흔을 본 사람이 있나. 그러나 그 난해한 문학의 끄트머리에 사인이 없다. 그 사람은 — 만일 그 사람이라는 사람이 그 사람이라는 사람이라면 — 아마 돌아오리라.

죽지는 않았을까 — 최후의, 한 사람의 병사의 논공조차 행하지 않을 — 영예를 일신에 지고 지루하다. 그는 필시 돌아올 것인가. 그래서 피로에 가늘어진 손가락을 놀려서는 저 정물을 운전할 것인가.

그러면서도 결코 기뻐하는 기색을 보이지는 아니하리라. 지껄이지도 않을 것이다. 문학이 되어버리는 잉크에 냉담하리라. 그러나 지금은 한없는 정밀(靜謐, 분위기 따위가 고요하고 편안함)이다. 기뻐하는 것을 거절하는 투박한 정물이다.

정물은 부득부득 피곤하리라. 유리는 창백하다. 정물은 골편까지도 노출한다.

시계는 왼쪽 방향으로 움직이고 있다. 그것은 무엇을 계산하는 '미터' 일까. 그러나 그 사람이라는 사람은 피곤하였을 것도 같다. 저 칼로리의 삭감 — 모든 기계는 연한이다. 거진거진(거의) — 잔인한 정물이다. 그 강의 불굴하는 시인은 왜 돌아오지 아니할까.

과연 전사하였을까.

정물 가운데, 정물 가운데 정물을 저며 내고 있다. 잔인하지 아니한가.

초침을 포위하는 유리 덩어리에 담긴 지문은 소생하지 아니하면 안 될 것이다. 그 비장한 학자의 주의를 환기하기 위하여.

자화상

여기는 도무지 어느 나라인지 분간할 수 없다. 거기는 태고와 전승하는 판도(版圖, 어떤 세력이 미치는 영역 또는 범위)가 있을 뿐이다. 여기는 폐허다. 피라미드와 같은 코가 있다. 그 구멍으로는 '유구한 것'이 드나들고 있다. 공기는 퇴색되지 않는다. 그것은 선조가 혹은 내 전신이 호흡하던 바로 그것이다. 동공에는 창공이 의고하여 있으니 태고의 영상의 약도다. 여기는 아무 기억도 유언 되어 있지는 않다. 문자가 닳아 없어진 석비(石碑, 비석)처럼 문명에 잡다한 것이 귀를 그냥 지나갈 뿐이다. 누구는 이것이 데스마스크라고 했다. 또 누구는 데스마스크는 도적맞았다고 했다.

죽음은 서리와 같이 내려 있다. 풀이 말라 버리듯이 수염은 자라지 않은 채 거칠어갈 뿐이다. 그리고 천기(天氣) 모양에 따라서 입은 커다란 소리로 외친다. 수류(水流)처럼.

월상(月像)

그 수염 난 사람은 시계를 꺼내어 보았다. 나도 시계를 꺼내어 보았다. 늦었다고 그랬다.

일주야(一晝夜, 새벽부터 밤까지 만 하루)나 늦어서 달이 떴다. 그러나 그것은 너무나 심통한 차림이었다. 만신창이 — 아마 혈우병인가도 싶었다.

지상에는 금시 산비(酸鼻, 슬프거나 참혹하여 콧마루가 시큰함)할 악취가 미만(彌漫, 널리 가득 차 그들먹함)하였다. 나는 달이 있는 반사 방향으로 걷기 시작하였다. 그러나 걱정스러웠다. — 어떻게 달이 저렇게 비참한가 하는—

작일(昨日, 어제)의 일을 생각하였다. — 그 암흑을 — 그리고 내일의 일도— 그 암흑을— 달은 지지하게도 행진하지 않는다. 나의 그 겨우 있는 그림자가 상하(上下, 오르락내리락함)하였다. 달은 제 체중에 견디기 어려운 것 같았다. 그리고 내일의 암흑의 불길을 징후(徵候, 겉으로 드러나는 낌새)하였다.

나는 이제 다른 말을 찾아내지 않으면 안 되게 되었다. 나는 엄동과 같은 천문과 싸워야 한다. 빙하와 설산 가운데 동결하지 않으면 안 된다. 그리고 달에 대한 일은 모두 잊어버려야 한다. — 새로운 달을 발견하기 위하여—

금시로 나는 도도한 대 음향을 들으리라. 달은 타락할 것이다. 지구는 피투성이가 되리라. 사람들은 전율하리라. 부상한 달의 악혈(惡血, 죽은 피) 가운데 유영하면서 드디어 결빙하여 버리고 말 것이다.

이상한 괴기가 내 골수에 침입하여 들어오는가 싶다. 태양은 단념한 지상 최후의 비극을 나만이 예감할 수가 있을 것 같다.

드디어 나는 내 전방에 질주하는 내 그림자를 추격하여 앞설 수 있었다. 내 뒤에 꼬리를 이끌며, 내 그림자가 나를 쫓는다.

내 앞에 달이 있다. 새로운—불과 같은—혹은 화려한 홍수 같은—

07

성(城)

_이태준

아침마다 안마당에 올라가 칫솔에 치약을 묻혀 들고 돌아서면, 으레 눈은 건너편 산마루에 끌리게 된다. 산마루에는 산봉우리 생긴 대로 울멍줄멍 성벽이 솟기도 하고 떨어지기도 하여 있다. 솟은 성벽은 아침이 첫 화살을 쏘는 과녁으로, 성북동의 광명은 이 산상(山上)의 옛 성벽으로부터 퍼져 내려오는 것이다. 한참 쳐다보노라면 성벽에 드리운 소나무 그림자도, 성(城)돌 하나하나 사이도 빤히 드러난다. 내 칫솔은 내 이를 닦다가, 성돌 틈을 닦다가 하는 착각에 더러 놀란다. 그러다가 찬물에 씻은 눈으로 다시 한 번 바라보면, 성벽은 역시 조광(朝光, 아침 햇살)보다는 석양의 배경으로 더 아름다울 수 있음을 느끼곤 한다.

저녁에 보는 성곽은 확실히 일취이상(一趣以上)의 것이 있다. 풍수(風水)에 그을린 화강암의 성벽은 연기 어린 듯 자욱한데, 그 반허리를 끊어 비낀 석양은 햇빛이 아니라 고대 미술품을 비추는 환등 빛인 것이다.

나는 저녁 먹기가 아직 이른 때면 가끔 집으로 바로 오지 않고 성 터진 고개에서 백악순성로(百岳巡城路)를 한참씩 올라간다.

　성벽에 뿌리를 박고 자란 소나무도 길(길이의 단위. 한 길은 여덟 자 또는 열 자로 약 2.4미터 또는 3미터에 해당한다)이 넘는 것이 있다. 바람에 날려 온 솔 씨였을 것이다. 바람은 그 전에도 솔 씨를 날렸으련만, 그 전에는 나는 대로 뽑아버렸을 것이다. 그러니 지금 자란 솔들은 이 성이 무용물이 된 뒤에 난 것들일 것이다. 돌로 뿌리를 박고, 돌로 맞벽을 쳐올려 쌓은 성, 돌, 돌, 모래 헤듯 해야 할 돌들. 이 돌의 수효처럼 동원되었을 그때 백성들을 생각한다면 성자성민야(城者盛民也, '성이란 무수한 백성이다'란 뜻)라는 말처럼, 과거 문화물 중에 성처럼 전 국민의 힘으로 된 것은 없을 것 같다. 팔도강산 방방곡곡에서 모여든, 방방곡곡의 방언들이 얼마나 이 산속에 소란했을 것이며 돌 다듬는 징 소리와 목도 소리로 얼마나 귀가 아팠을 것인가. 그러나 이제 귀를 밝히면 들려오는 것은 솔바람 소리와 산새 소리뿐. 눈에 비치는 것은 바쁜 다람쥐와 지나가는 구름뿐. 허물어져 내린 성돌엔 앉아 들으나 서서 보나 다른 아무것도 없는 것이다.

　멀리 떨어지는 석양은 성 머리에 닿아서 불처럼 붉다. 구불구불 산등성이로 달려 올라간 성곽은 머리마다 타는 것이, 어렸을 때 자다 말고 나와서 본 산화(山火)의 윤곽처럼 무시무시하기도 하다. 그러나 그도 잠시 꺼지는 석양일 뿐 아무것도 아니다. 고요히 바라보면 지나가는 건 그저 바람이요, 구름뿐이다. 있긴 있으면서 아무것도 없는 것. 생각하면 그런 것은 이런 옛 성만도 아닐 것이다.

08

벽(壁)

_이태준

뉘 집에 가든지 좋은 벽면(壁面)을 가진 방처럼 탐나는 것은 없다. 넓고 멀찍하고 광선이 간접으로 어리는, 물속처럼 고요한 벽면, 그런 벽면에 낡은 그림이나 한 폭 걸어놓고 혼자 바라보고 앉아있는 맛, 더러는 좋은 친구와 함께 바라보며 화제 없는 이야기로 날 어두워지는 줄 모르는 맛, 그리고 가끔 다른 그림으로 갈아 걸어보는 맛, 좋은 벽은 얼마나 생활이, 인생이 의지할 수 있는 것일까!

어제 K군의 입원으로 S병원에 가보았다. 새로 지은 병실, 이등실, 침대 세 개가 서로 좁지 않게 주르르 놓여 있고, 앞에는 널찍한 벽면이 멀찌감치 떠 있었다. 간접광선인 데다 크림색 빛을 칠해 한없이 부드럽고 은은한 벽이었다.

우리는 모두 좋은 벽이라고 하였다. 그리고 아까운 벽이라고 하였다. 그렇게 훌륭한 벽면에는 파리 한 마리 머물러 있지 않았다.

다른 벽면도 그랬다. 한 군데는 문이 하나, 한 군데는 유리창이 하나 있을 뿐, 넓은 벽면들은 모두 여백인 채 사막처럼 비어 있었다. 병상에 누운 환자들은 그 사막 위에 피곤한 시선을 달리고 달리다가 머무를 곳이 없어 그만 눈을 감아버리곤 하였다.

나는 감옥의 벽면이 저러려니 하고 생각하였다. 그리고 더구나 화가인 K군을 위해서 그 사막의 벽면에다 만년필의 잉크라도 한줄기 뿌려놓고 싶었다.

벽이 그립다.

멀찍하고 은은한 벽면에 장정 낡은 옛 그림이나 한 폭 걸어놓고 그 아래 고요히 앉아보고 싶다. 배광(背光, 후광. 즉 몸 뒤로부터 비치는 빛)이 없는 생활일수록 벽이 그리운가 보다

#09
/
독서
/
_이효석

　비교적 늦게 도스토옙스키를 읽으면서 세상의 소설가는 도스토옙스키 한 사람뿐임을 새삼 느꼈다. 고금의 수많은 소설가를 모조리 없애버린다고 해도 꼭 한 사람 도스토옙스키만 남겨 놓으면 소설 세계는 족한 것이다.

　인간을 그리는 것이 소설의 본도(本道, 올바른 방향)라면, 도스토옙스키처럼 뭇 인간을 빠짐없이 잘 그린 작가는 없다. 어느 인간이나 한번 그의 손아귀에 걸리기만 하면 뼛속까지도 허물어 벗기고야 만다. 그만큼 도스토옙스키는 무서운 작가다. 조물주에 버금가는 사람이거나 그렇지 않으면 악마다. 보통사람이고서야 그렇게까지 인간의 비밀을 샅샅이 그려낼 수 없기 때문이다.

　나는 이제 와서야 뒤늦게 도스토옙스키 문학의 진미를 알게 된 것을 매우 유감스럽게 생각한다. 전에도 그의 책을 읽지 않은 것은 아니지만, 오늘에 이르러서야 그의 문학이 뛰어남을 비로소 알게 되었다. 만일 더 일찍 그의 문학을 통독할 기회가 있었던들, 오늘처럼 그를 이해하고 즐길 수 있었을까. 역시나 오늘 그를 알게 된 것이 다행인지도 모른다.

어린 시절, 체호프(Anton Pavlovich Chekhov, 러시아의 소설가로 근대 단편소설의 거장이자 19세기 말 러시아 사실주의를 대표하는 작가)를 통독한 일이 있었지만 그를 진정으로 알았다고 할 수는 없었다. 그런데 그를 안 것도 역시 오늘이다. 그의 작품을 읽으며 그때 놓쳤던 무수한 좋은 맛을 비로소 알게 된 것이다.

한 작가를 읽음이 빨랐다고 소득이 많은 것도 아니고, 늦었다고 그다지 손해가 나는 것도 아니다. 후대의 작가들도 이를 명심했으면 한다.

도스토옙스키의 문학은 답답하고, 어둡고, 심술궂고, 고약하고, 끔찍하고, 무섭고, 지루하지만, 그의 글의 핵심은 사랑이다. 그의 글에 나오는 인물은 대부분 우울하고, 괴팍하고, 성격이 복잡하며, 때로는 악마적인 성향을 띠지만, 그 바탕은 모두 착하고 여리다. 도스토옙스키는 의식적으로 그런 인물의 창조에 주의를 기울인 듯하다.

인생 유일의 이념을 사랑에서 찾는 것은 누구나 즐기는 일이다. 그런데 도스토옙스키를 읽을 때는 그것이 마치 금방 하늘에서 떨어진 새로운 이념이라도 된 것처럼 새롭다. 그의 뛰어난 작가적 재능 때문이다.

하지만 그의 삶은 우울함 그 자체였다. 그러니 작품에서라도 사랑을 찾고 싶지 않았을까. 그러므로 그의 사랑은 언제나 새롭다.

지드(Andre Gide, 프랑스의 소설가)도 비슷한 말을 했지만, 도스토옙스키는 위대한 산맥이다. 수많은 이야기의 광맥을 품은 위대한 산맥이다. 뭇 산과 그 흐름 역시 여기서 시작된다.

　근대 문학의 수많은 흐름의 근본을 캐보면 모두 도스토옙스키의 문학에서 발원되었다. 도스토옙스키의 문학이 근대문학의 모든 요소와 방향을 휩쓸고 있는 것이다.

　오늘의 어떤 작가가 도스토옙스키의 무엇을 본받고 배웠는지 나는 실례를 들어 일일이 지적할 수 있다. 그렇듯 그의 영향은 크고 명료하다. 이는 누구도 부정할 수 없다.

10

노인과 꽃

_정지용

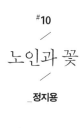

　노인이 꽃나무를 심는 것은 무슨 보람을 위하심이오니까. 등이 굽으시고, 숨이 찬데도, 그래도 꽃을 가꾸시는 모습을 뵈오니, 손수 공들인 가지에 붉고 빛나는 꽃이 맺으리라고 생각하오니, 희고 흰 나룻(수염)이나 주름살이 도리어 꽃답소이다.

　나이 이순(耳順)을 넘어 오히려 여색(女色)을 기르는 이도 있거니, 실로 누(陋, 추함)하기 그지없는 일이옵니다. 빛깔에 취할 수 있음은 빛이 어느 빛일는지, 청춘에 맡길 것일는지도 모르겠으나, 쇠년(衰年, 늙어서 점점 쇠약하여 가는 나이)에 오로지 꽃을 사랑하심을 뵈오니 거룩하게도 정정하시옵니다.

　봄비를 맞으시며 심으신 것이 언제 바람과 햇빛이 더워지면 고운 꽃봉오리가 촉(燭, 등잔) 불 켜듯 할 것을 보실 것이매, 그만큼 노래(老來, '늘그막'을 점잖게 이르는 말)의 한 계절이 헛되이 지나지 않은 것이옵니다.

노인의 고담(枯淡, 글이나 그림 따위의 표현이 꾸밈이 없고 담담함)한 그늘에 어린 자손이 희희(戲戲, 탄식함)하며, 꽃이 피고, 나무와 벌이 날며, 잉잉거린다는 것은 여년(餘年, 앞으로 남은 인생)과 해골을 장식하기에 이렇듯 화려한 일이 없을 듯하옵니다.

해마다 꽃은 한 꽃이로되, 사람은 해마다 다르도다. 만일 노인 백 세 후에 기거하시던 창호(窓戶, 창과 문의 통칭)가 닫히고, 뜰 앞에 손수 심으신 꽃이 난만할 때 우리는 거기서 슬퍼하겠나이다. 그 꽃을 어찌 즐길 수가 있으리까. 꽃과 주검을 실로 슬퍼할 자는 청춘이요, 노년의 것이 아닐까 합니다. 분방하게(奔放──, 규칙이나 규범 따위에 구애받지 아니하고 제멋대로임) 끓는 정염이 식고, 호화롭고도 홧홧한 부끄럼과 건질 수 없는 괴로움으로 수놓은 청춘의 웃웃을 벗은 뒤에 오는 청수(淸秀, 얼굴이 깨끗하고 준수함)하고, 고고하고, 유한하고, 완강하기 학(鶴)과 같은 노년의 덕으로서, 어찌 주검과 꽃을 슬퍼하겠습니까. 그렇기에 꽃이 아름다움을 실로 볼 수 있기는 노경(老境, 노년)에서일까 합니다.

멀리멀리 나─땅끝에서 오기는 초뢰사의 백목단

그중 일 점 담홍빛을 보기 위하여

의젓한 시인 폴 클로델(Paul Claudel, 프랑스의 시인)은 모란 한 떨기를 만나기 위하여 이렇듯 멀리 왔다니, 제자 위에 붉은 한 송이 꽃이 심성(心性)의 천진과 서로 의지하며 즐기기에는 바다를 몇 개씩 건너오는 것보다 미옥(美玉, 아름다운 구슬)과 같이 연마된 춘추(春秋, 어른의 나이를 높여 이르는 말)를 지니어야 할까 합니다.

실상, 청춘은 꽃을 그다지 사랑할 바도 없을 것이며, 다만 하늘의 별물 속의 진주 마음속에 사람을 표정하기 위하여 꽃을 꺾고, 꽃을 선사하고 찢고 하였을 뿐 아니었습니까. 이 또한 노년의 지혜와 법열을 위하여 청춘이 지나칠 수 없는 연옥(煉獄, 죽은 사람의 영혼이 천국에 들어가기 전에 남은 죄를 씻기 위하여 불로써 단련받는 곳)과 시련이기도 하였습니다.

오호, 노년과 꽃이 서로 비추고 밝은 그 어느 날 나의 나룻도 눈과 같이 희어질 것이니, 나머지 청춘에 다시 설레나이다.

#11

청공의 서(書)

_노자영

봄비가 개자 하늘은 더욱 푸르다. 이 청공(靑空) 아래 나는 《청공의 서》를 읽기 시작하였다.

오스트리아 신진 시인 메란티테의 〈청공〉이라는 단편이 있다. 그 작품의 주인공 파디는 병들어 세상을 떠나면서 외동딸 소레나에게 다음과 같은 유언을 남긴다.

"이 세상은 매우 험하다. 너를 유혹하는 자도 많고, 너를 죄의 구렁으로 이끄는 사람도 많을 것이다. 그럴 때면 언제든지 청공을 바라보아라. 그 청공같이 맑은 마음으로 신을 생각하고, 네가 갈 길을 생각하고, 너의 자리를 바라보아라. 그러면 너는 완전히 구원받을 수 있을 것이다."

그후 소레나는 마음이 어지러울 때나 괴로울 때면 항상 청공을 바라보았다. 그리고 청공 같은 마음으로 온갖 허위와 유혹과 모든 우수(憂愁)에서 벗어났다.

청공—그것은 매우 아름다운 존재다. 나도 이 청공을 바라보며 불우의 여생을 보내보자. 이미 불행하게 태어나고. 재주 없이 태어나고, 능력 없이 태어난 나인지라, 탄식하면 뭐하며, 아득바득 헤맨들 뭐하랴. 그도 모두 나의 운명이니, 이미 나의 선 자리에서 유유자적하며 청공을 바라보고 유쾌하게 살아보자. 검은 유혹도 피하고, 모든 허욕도 버리고, 항상 저 청공처럼 맑고 빛나게 지내고 싶다.

청공 — 오히려 거기에는 별이 있고, 시원한 달과 구름산이 있지 않은가. 이 마음에도 별과 같은 아름다운 재주와 달과 구름 같은 능력이 있기를 원하지만, 그것이야 어찌 바랄 것인가?

고독한 산책

_노자영

시인 말라르메(프랑스의 시인. 베를린·랭보와 함께 프랑스 상징파의 시조)는 휘파람을 불며 밤거리를 산책하는 것을 유일한 낙(樂)으로 여겼다고 한다. 그에 반해, 나는 그에 비할 바는 못 되지만 마음이 울적하고 괴로울 때 홀로 산책하는 것을 취미로 삼고 있다. 어떤 이는 마음이 괴로울 때 담배를 피우고, 혹은 술을 먹어서 그 괴로움을 잊는다고 하지만, 술과 담배를 입에 대지 못하는 나는 마음이 울적할 때면 지팡이 하나에 의지해 산책을 나간다.

나의 산책로(散策路) — 낡은 성벽을 따라서 푸른 이끼가 끼고, 늙은 소나무들이 척척 늘어진 외로운 산길을 걷고 있노라면, 어쩐지 마음이 유쾌하다. 생각해보라. 자금색(紫金色, 자주색) 황혼이 금붕어 꼬리같이 나무 사이에 어른거리고, 잿빛 비둘기가 소나무 위에서 울고 있는 모습을……. 이보다 더 유쾌하고 즐거운 자유가 또 있을까. 마치 인간 세상의 모든 구속에서 해방된 듯한 기분이다. 내 영혼은 비둘기처럼 날개를 치며 숲속을 헤맨다.

　　백구(白鳩, 흰 비둘기)야, 훨훨 날지 마라. 너 잡을 내가 아니다.
　　성상(聖上, 자기 나라를 다스리는 황제)이 버리시니, 나 여기 왔노라―

　이런 속요(俗謠, 간절한 애원을 담은 노래)와 같이 세상을 알지 못하고 세상에서 패한 나는 언제나 이런 고독한 산책을 즐기며 흰 비둘기와 벗하는 것이다.

　날이 차차 저물고, 포돗빛 밤색이 그 연한 날개로써 삼각산 봉우리를 덮기 시작하면, 온 세상이 밤의 향연에 들기 시작하고, 하늘에는 성스러운 별 몇 개가 그 파란 눈을 반짝이기 시작한다. 그러면 나는 풀 포기에 무릎을 꿇고 두 손을 벌려 하늘을 껴안은 채 묵도한다. 내 마음이 단단하지 못해 늘 세파에 동요되고, 자주 비관하는 것을 참회하는 것이다.

　"모든 괴로움은 네가 만든 것이다."라는 성 프란시스의 말을 생각하며, 스스로 좀 더 강하고, 좀 더 씩씩해지기를 다짐한다. 그리고 휘파람을 불며 산길을 유쾌한 듯이 다시 걸어 내려온다.

#13

얼마나 자랐을까, 내 고향의 라일락

_김남천

    승용차의 뚜뚜 소리에 육중한 흰 대문이 좌우로 열리고 조약돌을 깨무는 소리를 내면서 차가 스르르 굴러 들어간다. 그리고 현관 앞에서 신사와 숙녀를 떨어뜨리고 그 앞을 빙 돌아 다시 낮은 고동을 띠—한번 울리고는 언덕진 정원의 구부러진 길을 돌아 대문 있는 쪽으로 미끄러져 간다.

    조약돌을 깔아 놓은 흰 길을 가운데로 오른쪽으로 비스듬히 언덕이 져서, 그곳에 작은 못이 있고, 단풍과 소나무, 벚나무, 잣나무, 진달래와 또 이름 모를 가지각색의 나무가 이발하고 면도한 두발같이 매끈히 하늘을 찌르고, 둥글게 땅에 붙어 혹은 꾸부러져서 잔디밭 위에 그늘을 만들고 혹은 허리를 굽히고 못 속에서 물을 마시고 있다.

    이쪽 편 흰 벤치를 두 개 놓은 곳에 등(藤, 등나무 줄기)이 구부러져 올라가 지붕을 만들고, 못을 향해 서 있는 등롱(燈籠, 등)은 수위(守衛, 경비를 맡은 사람) 모양으로 움직이지 않는데, 날쌘 셰퍼드가 풀 포기를 쑤시며 이리 뛰고 저리 뛰고 한다. 간간이 새 소리, 저편 후원에서 탁구 채를 쥐고 달아 오는 영양의 명랑한 웃음, 바람에 불려오는 듯 피아노 소리, 우리는 더위에 허덕이며, 모자를 벗어 부채질하면서 이런 정원 앞을 지나다가 힐끔힐끔 대문으로 들여다보는 때가 있다. 홍진만장(紅塵萬丈, 햇빛에 비치어 붉게 된 티끌이 높이 솟아오름)의 시정(詩情) 가운데 있으면서도 오히려 티끌과 먼지와는 인연이 먼 이 정원의 명랑한 향훈과 청신한 공기를 호흡할 수 있는 특이한 심장과 폐를 상상해 보면서, 우리는 땀과 먼지에 축 처진 양복바지를 끌면서 다시 게딱지 같은 자기 집을 향해 걷기 시작하는 것이다. 사실 '정원'하고 일컬을 뜰 안을 거닐어 보지도 못한 우리가 이 속의 풀과 나뭇잎과 샘물의 서늘한 맛을 능히 상상인들 할 수 있을 것이냐!

다섯 평도 채 안 되는 세모 혹은 네모난 땅 조각에 대문과 마주 서서 변소가 있고, 그 옆으로 장독대, 물독, 나무 후간(광. 세간이나 그 밖의 여러 가지 물건을 넣어 두는 곳), 그리고 두 줄, 세 줄 가로 세로로 매어 놓은 쇠줄에는 명태같이 꿋꿋한 와이셔츠의 팔 부분을 꺾어서 매달린 부인네의 속옷 중 심지어는 방 걸레조로, 구멍 뚫어진 양말, 삼과(三科)의 미술품 같고 초현실파의 회화 같은 지저분한 풍경 — 골목에서 떠드는 조무래기 아이들의 재잘거리는 소리를 귀를 막을 듯이 피하여 들어오는 내 집 대문 문턱을 넘어서자 맥고모자(밀짚모자)를 벗기듯이 떨어뜨리는 빨래를 얼굴에 들쓰는 일이 우리의 정원이 주는 첫인사가 아닌가!

어디 나무 한 가지가 있고, 풀 한 포기가 있을 거냐. 어디 폐를 씻는 청신한 향훈이 있고, 땀을 그으는 한 조각의 그늘이 있을 거냐!

태양도 이 뜰 안에서는 공평을 잃고, 구름 한 점 없는 코발트색의 창공도 이 속에서는 광윤(廣潤, 광채)을 잃는다. 마비된 신경에서 안정을 잡아 찢는 '무드렁사리요'의 소리, 숨을 매이게 하는 굴뚝의 연기, 이것이 우리의 정원이다. 그러나 이 정원에도 황혼은 온다. 초하(初夏, 초여름)의 밤, 산산한 바람이 대청에 기어든다. 이때, 처마 끝에 달이 매달린 것을 보면서 비로소 나는 휴— 한숨을 쉬고 내 마음의 한 모퉁이에서 찾아보고자 하는 여유를 갖는 것이다. 빈약은 하나 마음대로 하늘은 볼 수 있는 뜰, 내 고향 내 집의 뜰을.

올 이른 봄에 시골에서 동무와 종달새 둥지를 내리려 산을 넘고 들판을 헤매어 다니다가 헛물을 켜고 돌아오는 길에 라일락을 세 포기 떠가지고 와서 뜰 안 한 구석에 심었다. 우리 시골에는 이 꽃나무가 매우 흔해서 산마다 '개똥아리' 천지다. 나는 이 강렬한 방향(芳香, 좋은 냄새)을 가진 꽃이 필 때 강을 건너 산중을 방황하는 것을 좋아하였다. 그래서 이튿날부터 물을 주고 그것이 피기만을 기다렸다.

오월! 그것은 연한 자줏빛으로 피어나고, 그 향기는 내 방까지 흘러들어와서 나의 머리를 취하게 하였다.

고향 떠난 지도 어언 40일. 달을 보며 산산한 바람이 볼을 스칠 때면, 나는 그 뜰을 그려 보며 혼자 생각에 잠긴다. '뜰에 심고 온 라일락은 지금쯤 얼마나 컸을까' 하고.

14

5월의 산골짜기

_김유정

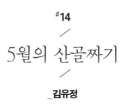

나의 고향은 저 강원도 산골이다. 춘천읍에서 한 20리가량 산을 끼고 꼬불꼬불 돌아 들어가면 내닫는 조그마한 마을이다. 앞뒤 좌우에 굵직굵직한 산들이 삑 둘러섰고 그 속에 묻힌 아늑한 마을이다. 그 속에 묻힌 모양이 마치 움푹한 떡시루 같다고 해서 동명을 '실레'라고 부른다. 집이라야 대부분 쓰러질 듯한 헌 초가요, 그나마도 50여 호밖에 안 되는 말하자면 아주 빈약한 촌락이다. 그러나 산천의 풍경으로 따지면 하나 흠잡을 데 없는 귀여운 전원이다.

산에는 기화요초(琪花瑤草, 옥같이 고운 풀에 핀 구슬같이 아름다운 꽃)로 바닥을 틀었고, 여기저기에 졸졸거리며 내솟는 약수도 맑고, 그리고 머리 위에서 골골거리며 까치와 시비하는 노란 꾀꼬리 소리도 좋다. 주위가 이렇게 시적(詩的)이니만큼 사람들의 생활도 어디인가 시적이다. 어수룩하고 꾸물꾸물 일만 하는 그들을 대하면 딴 세상 사람을 보는 듯하다.

벽촌이라 교통이 불편함으로 현 사회와 거래가 드물다. 편지도 나달에 한 번씩밖에 안 온다. 그것도 배달부가 자전거로 이 산골짝까지 오기가 괴로워서 도중에 마을 사람을 만나면 편지 좀 전해달라고 부탁하고는 도로 가기도 한다. 이렇게 도회와 인연이 멀음으로 그 인심도 그리 야박(野薄)지가 못하다. 물론 극히 궁한 생활이 아닌 것도 아니나, 그들은 아직 악착(齷齪)한 행동을 모른다. 그 증거로 아직 내 기억에는 상해사건으로 마을의 소동을 일으킨 적이 없다. 그들이 모여서 일하는 것을 보아도 퍽 우의적(友誼的)이요, 유쾌하기 그지없다.

5월쯤 되면 농가는 한창 바쁠 때다. 밭의 일도 급하거니와 논에 모도 내야 하기 때문이다. 하지만 그에 앞서 논에 거름을 할 갈(거름으로 사용하는 풀의 종류)이 필요하다. 갈을 꺾는 데는 갈잎이 알맞게 흐드러졌을 때, 그리고 쇠기 전에 부랴사랴 꺾어내려야 한다. 이러한 경우에는 일시에 많은 품이 든다. 이에 여남은씩 한 떼가 되어 돌려가며 품앗이로 일한다. 이것은 일의 권태를 잊게 할 뿐만아니라 일의 능률까지 오르게 한다.

갈 때가 되면 산골에서는 노유(老幼, 어린이와 아이)를 막론하고 무슨 명절이나 된 것처럼 공연히 기껍다(기쁘다). 왜냐면 갈 꾼을 위하여 막걸리며, 고등어, 콩나물, 두부에 이밥(쌀밥) ― 이렇게 별식(別食)이 벌어지기 때문이다.

농군 하면 얼뜬(얼른) 앉은 자리에서 밥 몇 그릇씩 해치우는 탐식가로 정평이 났다. 사실 갈을 꺾을 때 그들이 먹는 식품은 놀라운 것이다. 그리고 그렇게 먹지 않으면 몸이 감당하지 못할 정도로 일 역시 고되다. 높고 큰 산을 헤매며 갈을 꺾어서 한 짐 잔뜩 지고 오르내리자면 방울땀이 떨어지니 여느 일과 노동의 강도가 다르다. 그러니만큼 산골에서는 갈 꾼만은 특히 잘 먹이고 잘 대접하는 법이다.

개동(開東, 해가 뜰 때)부터 어두울 때까지 그들은 밥을 다섯 끼를 먹는다. 다시 말하면, 조반, 점심 겨누리(농사꾼이나 일꾼들이 끼니 외에 참참이 먹는 음식의 강원도 방언), 점심, 저녁 겨누리, 저녁 ― 이렇게 여러 번 먹는다. 게다가 참참이 먹는 막걸리까지 친다면 하루에 무려 여덟 번을 식사하는 셈이다. 그것도 감투밥(밥그릇 위로 수북이 솟아오르도록 가득 담은 밥)으로 처올려 담은 큰 그릇의 밥사발로 말이다.

"아, 잘 먹었다. 이렇게 먹어야 허리가 안 휘어?"

이것이 그들이 가진 지식이다. 과로하여 허리가 아픈 것을 모르고 먹은 밥이 삭아서 창자가 홀쭉하니까 허리가 휘는 줄로만 안다. 그러니까 빈창자에 연실 밥을 메워 꼿꼿이 만들어야 허리도 펴질 것으로 알고 굳이 먹는 것이다.

갈 꾼들은 흔히 바깥뜰에 멍석을 펴고 쭉 둘러앉아서 술이고, 밥이고, 함께 즐긴다. 어쩌다 동네 사람이 그 앞을 지나가게 되면 그들을 손짓으로 부른다.

"여보게 이리와 한잔하게?"

"밥이 따스하니 한술 뜨게 유?"

이렇게 옆사람을 불러서 같이 음식을 나누는 것이 그들의 예의다. 어떤 사람은 아무개 집의 갈을 꺾는다고 하면 일부러 찾아와 제 몫을 당당히 보고가는 이도 있다.

　나도 고향에 있을 때 갈 꾼에게 여러 번 얻어먹었다. 그 막걸리의 맛도 좋거니와 웅게중게(옹기종기) 모여 한 가족같이 주고받는 그 기분만도 몹시 즐겁다. 산골이 아니면 보기 어려운 귀여운 단란(團欒)이다. 그리고 산골에는 잔디도 좋다. 산비알(산비탈)에 포근히 깔린 잔디는 저절로 침대가 된다. 그 위에 바둑이와 같이 벌룽 자빠져서 묵상하는 재미도 좋다. 여길 보아도 저길 보아도 우뚝우뚝 서 있는 모조리 푸른 산이매 잡음 하나 들리지 않는다. 이런 산속에 누워 생각하자면 비로소 자연의 아름다움을 고요히 느끼게 된다. 머리 위로 날아드는 새들도 갖가지다. 어떤 놈은 밤나무 가지에 앉아서 한 다리를 바짝 들고는 기름한 꽁지를 휘휘 내두르며,

　‘삐―죽! 삐―죽!’

　이렇게 노래를 부른다.

　그러면 이번에는 하얀새가,

　‘뺑!’ 하고 날아와 앉아서는 고개를 까땍까땍(까딱까딱)하다가 도루 ‘뺑!’ 하고 달아난다. 혹은 나무줄기를 쪼며 돌아다니는 딱따구리도 있고. 떼를 지어 푸른 가지에서 유희를 하며 지저귀는 꾀꼬리도 몹시 귀엽다.

　산골에는 초목의 냄새까지도 특수하다. 더욱이 새로 난 잎이 한창 흐드러질 임시하야 바람에 풍기는 그 향취는 일필로 형용하기 어렵다. 말하자면 개운한 그리고 졸음을 청하는 듯한 그런 나른한 향기다. 일종의 선정

적 매력을 느끼게 하는 짙은 향기다.

뻐꾸기도 이 냄새에는 민감한 모양이다. 이때부터 하나둘 울기 시작하기 때문이다. 한 해 만에 뻐꾸기 울음을 처음 들을 때처럼 반가운 일은 없다. 우울하고 구슬픈 그 울음을 들으면 가뜩이나 한적한 마을이 더욱 느러지게(여기저기 널려 있는 모양) 보인다.

다른 곳은 논이나 밭을 갈 때 노래가 없다고 한다. 그러나 산골에는 소모는 노래가 따로 있어 논밭 일에 소를 부릴 때면 으레 그 노래를 부른다. 소들도 세련(洗鍊, 서투르거나 어색한 데 없이 능숙하게 잘 다듬어져 있는 모양)이 되어 주인이 부르는 그 노래를 잘 이해하고 있다. 그래서 노래대로 좌우로 방향을 바꾸기도 하고, 또는 보조 속도를 느리고 주리고 순종하기도 한다. 먼발치에서 소를 몰며 처량히 부르는 그 노래도 좋다. 이것이 모두 산골이 홀로 가질 수 있는 성스러운 음악이다.

산골의 음악으로 치면 물소리도 뺄 수 없으리라. 쫄쫄 내솟는 샘물 소리도 좋고, 촐랑촐랑 흘러내리는 시내도 좋다. 그러나 세차게 콸콸 쏠려 내리는 큰 내를 대하면 정신이 번쩍 든다.

논에 모를 내는 것도 이맘때다. 시골에서는 모를 낼 때면 새로운 희망으로 가득하다. 그들은 즐거운 노래를 불러가며 한 포기 모를 심고 가을의 수확을 연상한다. 농군에게 있어 모는 그야말로 자식과 같이 귀중한 물건이다. 모를 내고 나면 그들은 그것만으로도 한 해의 농사를 다 지은 듯싶다.

아낙네들도 일꾼에게 밥을 해내기에 눈코 뜰 새 없이 바쁘다. 그리고 큰함지에 담아서이고는 일터까지 나르지 않으면 안 된다. 아이들은 그 함지

끝에 줄레줄레 따라다니며 묵묵히 제 몫을 요구한다. 그리고 갈 때 전후하여 송화(松花, 소나무 꽃가루)가 한창이다. 바람이라도 세게 불 때면 시내(골짜기나 평지에서 흐르는 자그마한 내) 쪽에 송홧가루가 노랗게 옮긴다.

아낙네들은 기회를 타서 머리에 수건을 쓰고 산으로 송화를 따러 간다. 혹은 나무 위에서, 혹은 나무 아래서 서로 맞붙어 일하며, 저이도 모를 소리를 몇 마디씩 지껄이다가 포복절도할 듯이 깔깔대고 하는 것이다. 이것이 오월 경 산골의 생활이다.

산 한 중턱에 번듯이 누워 마을의 이런 생활을 내려다보면 마치 그림을 보는 듯하다. 물론 이지(理知) 없는 무식한 생활이다. 그러나 좀 더 유심히 관찰하면 이지 없는 생활이 아니고는 맛볼 수 없는 그런 순결한 정서를 느끼게 된다.

내가 고향을 떠난 지 한사 년쯤 되었다. 그동안 얼마나 산천이 변했는지 모르겠다. 그러나 금쟁이(금광업자)의 화를 아직 입지 않은 곳이매, 상전벽해(桑田碧海)의 변(變)은 없으리라.

내내 건재(健在)하기 바란다.

15

뻐꾸기와 그애

_이광수

　오늘 새벽—새벽이라기보다는 이른 아침에 홀로 명상에 잠겨 있을 때 참새와 멧새의 예쁜 소리와 함께 비둘기가 구슬프게 우는 소리가 들렸다. 어제 내린 봄비에 그렇게도 안 간다고 앙탈을 부리던 추위 역시 가버렸다. 그래서인지 오늘 아침에는 자욱하게 낀 봄 안개며, 감나무 가지에 조롱조롱 구슬같이 매달린 물방울, 겨우내 잠잠하다가 목이 터진 앞 개울 물 소리 역시 여느 때와 다르다. 여전히 춥기는 하지만 비로소 봄맛이 난다. 불현듯 나는 봄기운 어디선가 끊일락 말락 비둘기 소리가 갑자기 들려온다. 올해 들어 처음 듣는 비둘기 소리다. 하지만 마음이 슬프기 때문일까. 오늘따라 비둘기 소리가 유난히 슬픔을 자아낸다.

　그 애가 듣고 슬퍼하던 것은 뻐꾸기 소리지 비둘기 소리가 아니었다. 그러나 뻐꾸기가 울려면 아직도 한 달은 더 있어야 할 것이다.

　"아이, 뻐꾸기 소리가 너무 슬퍼요. 만일 나도 죽으면 뻐꾸기가 되어 이

산 저 산 다니며 슬피 울어나 볼까요?"

아이는 바짝 여윈 낯에 시무룩한 표정으로 이렇게 말하곤 했다. 그래서인지 비둘기 소리만 들어도 나는 그 애 생각이 난다. 하물며 뻐꾸기 소리가 들리면 얼마나 더 그 애 생각이 날까. 사과 꽃이 피고, 감나무 잎이 파릇파릇해지면 낮이 되면 겹옷은 덥고 홑옷은 이른 때에 그애는,

"아이, 또 저놈의 뻐꾸기가 또 우네. 왜 하고 많은 산 중에서 하필 요기만 와서 울어?"

하고 자리에 누워서 일어나지 못하던 때는 아직도 두 달이 넘어 남았다.

오월의 어느 날 아침, 그날따라 창밖에서 뻐꾸기가 유난히 울어대 단잠을 깨고 말았다.

"아이, 뻐꾸기가 우네. 그 애가 또 얼마나 슬퍼할까?"

그러면서 나는 눈물이 고이고 있음을 깨달았다. 그렇게도 마음이 착했던 아이, 이 년 동안이나 긴 병을 앓으면서도 짜증 한 번 내지 않았던 아이, 제 아버지가 화를 내면 못 들은 척 가만히 있고, 어머니가 화를 내면,

"어머니도 참, 뭘 그런 거로 화를 내세요? 다 내 운명이죠, 뭐. 그 사람 탓을 해서 뭐해요?"

하고 양미간을 살짝 찌푸릴 뿐 착하기 그지없던 아이, 그렇게 열이 오르내리고 몸이 괴로워도, 내가 제 방에 들어갈 때면 빙그레 웃어주던 아이, 전문학교까지 다녔음에도 어느 남자와 마주 서서 말조차 해본 적이 없던 아이……

그 애를 그렇게 지독한 모욕과 실연의 아픔을 맛보게 한 책임은 바로

내게 있었다. 하지만 그 애는 나를 원망하기는커녕, 제 부모가 나를 원망이라도 하면 이렇게 말하곤 했다.

"아저씨가 다 나 잘되라고 그런 것이지 설마 못 되라고 그랬겠어요? 그리고 아저씨인들 얼마나 마음이 아프시겠어요?"

그렇게 착한 아이였다. 하지만, 지금 그 애는 자리에 누워 죽을 날만을 기다리고 있었다.

뻐꾸기의 애끓는 소리를 듣고 있으려니 더는 견딜 수 없어 세수도 하지 않은 채 가마골 숲 사이에 있는 그 애의 집을 찾았다. 그 아이가 뻐꾸기 소리를 듣고 오늘은 또 얼마나 슬퍼할지 생각하니 가슴이 저려왔다. 하지만, 아아! 방에 들어가 보니, 아이는 벌써 다시 깨지 못할 잠이 들고 말았다. 해쓱한 얼굴에는 편안하게 잠든 어린애와 같은 평화가 묻어나고 있었다. 손도, 이마도 싸늘하게 식고, 발랑발랑(걸쭉한 액체가 자꾸 작은 방울을 튀기며 끓는 소리 또는 그 모양)하던 가슴은 고요하기 그지없었다.

스물네 살의 짧은 인생. 꽃으로 치면 활짝 피어 보지도 못한 채 방싯(소리 없이 살짝 열리는 모양) 봉오리가 열리다가 하룻밤 된서리에 시들어 버리고만 가여운 인생이었다.

이제는 그렇게 슬퍼하던 뻐꾸기 소리도 들을 수 없다. 또 그 곁에서 얼이 빠진 채 울지도 못하는 아이의 어머니와 아버지의 슬픔 역시 알 수 없다. 오직 고요한 적멸뿐이다. 어린 가슴에 박힌 독한 칼자국의 쓰라림도 이제는 없다. 그의 생명을 씹던 모든 균, 배신당한 사랑의 아픔, 미워해야 할 사람이건만 미워하지 못하는 순정, 백년가약을 굳게 언약하고 맹세하던 사람이 다른 여자의 남편이 되었어도 그를 단념하지 못하던 애끓음……. 이것도 이제는 지나간 한바탕 꿈에 불과하다. 어디서 왔으며, 어디로 가는고? 구름같이 나타났다가, 구름같이 스러지는 인생.

아이 아버지 말에 의하면, 아이는 죽을 때까지 제 아버지를 걱정했다고 한다.

"새벽 네 시나 되었을까. '아버지 피곤하실 테니, 어서 가서 주무세요. 저도 몸이 편안해져서 오늘은 잘 수 있을 것 같아요. 아버지 주무시는 것 보고 나도 잘 테니, 어서 가서 주무세요.' 라고 하기에, 한 시간쯤 누웠다가 일어나보니, 아까 그 모양 그대로 누워서 꼼짝도 하지 않는구려."

그러면서 한마디를 덧붙였다.

"나는 자는 줄만 알았다오."

과연 자는 것이었다.

의사가 일주일을 못 견디리라는 선고를 내린 후 저 먹고 싶은 것이나 실컷 먹고 고통이나 없이 해달라고 해서 마취제 처방을 받은 것이 바로 칠팔일 전이었다. 그래도 설마 하는 것이 골육(骨肉, 조부모, 부모, 형제 등과 같이 혈족 관계가 있는 사람)의 정이다.

사오일 전쯤 얼굴을 보러왔을 때였다. 나를 볼 때마다 빙그레 웃던 표정이 얼굴에서 사라지고 없었다.

"오늘은 왜 웃지 않니? 웃어라."

"아저씨가 들어오시기 전에 웃었는데, 몸이 너무 부어서 웃는 것이 안 좋아 보일까 봐요."

그러면서 웃으려고 했지만, 근육이 제 마음대로 움직이지 않는 모양이었다.

"그래 웃어라, 응?"

나는 슬픔을 참노라 입술을 깨물었다.

그 애가 간 줄도 모르고 뻐꾸기는 여전히 울었다.

우리는 뻐꾸기 소리를 들으며 그 애를 염습(殮襲, 죽은 이의 몸을 씻긴 뒤에 수의를 입히고 염포로 묶는 일)하고, 관에 넣고, 상여에 담았다. 그리고 뻐꾸기 소리를 들으며 홍제원 화장터로 가서 그 아이의 시신을 무쇠 가마에 넣었다.

한 시간 반이 지난 후 나는 아이의 아버지와 또 한 사람과 함께 아이의 유골을 찾으러 갔다. 쇠 삼태기에 그 애의 명패가 서고, 재 한 줌과 타다 남은 하얀 뼈 두어 조각, 옥같이 맑고 투명한 뼈 두어 조각. 그것이 그 아이의 전부였다. 또한, 그것이 그 애의 깨끗하고 착한 일생을 말해주고 있었다.

남아 있던 뼈 두어 조각을 마저 부스러뜨리니, 그야말로 남는 것이라고는 재 한 줌이라기보다 먼지 한 줌에 가까웠다. 이것이 바로 며칠 전까지도 나를 보며 웃어주던 그 아이였다.

며칠 전 아이는 불쑥 내게 이런 말을 했다.

"아이, 뻐꾸기가 또 우네. 많고 많은 산 다 놔두고 왜 하필 여기 와서 울까? 나도 죽으면 뻐꾸기가 되어 이 산 저 산 돌아다니면서 울어나 볼까? 아저씨, 이번에 만일 살아난다면 스님이 되고 싶어요. 그래서 절에 가만히 앉아서 목탁이나 치고 염불이나 할래요."

과연 아이의 말을 믿어야 할까.

혹시 금시(今時, 바로 지금)에 어디에서 그 애가,

"아저씨, 나 여기 있어요."

라며, 웃으면서 나오지는 않을까.

나는 작년에 여덟 살 된 아들 봉아를 잃고 한 달이 지날 즈음, 다시 사랑하는 조카딸을 잃고 말았다. 슬픔 위에 덧쌓이는 슬픔이여! 그러나 사람이란 누구나 다 한 번은 죽는 것을, 누구나 다 한 번은 죽는 것을.

오늘 아침 내가 들은 비둘기 소리를 그 애의 아버지와 어머니가 들으면 얼마나 슬퍼할까. 그러니 내가 비록 그 애를 생각하며 슬퍼한들, 어찌 낳고 기른 부모에 비길 수 있으랴.

오늘 비둘기가 울었으니 얼마 후면 뻐꾸기도 울 것이다. 하지만 그 뻐꾸기 소리를 차마 어찌 들을꼬? 비록 제 부모만은 못하더라도 나 역시 그 애의 기억을 소중하게 가슴 속에 품고 있는 것을. 그렇게도 착하고, 그렇게도 깨끗하던 아이. 아마 살아 있는 동안 그 아이를 평생 잊지 못할 것이다.

아아, 또 비둘기가 운다.

#16
길
_김기림

　나의 소년 시절은 은빛 바다가 엿보이는 그 긴 언덕길을 어머니의 상여(喪輿)와 함께 꼬부라져 돌아갔다.

　내 첫사랑도 그 길 위에서 조약돌처럼 집었다가 조약돌처럼 잃어버렸다.
　그래서 나는 푸른 하늘빛에 호젓(혼자) 때 없이 그 길을 넘어 강가로 내려갔다가도 노을에 함북 자줏빛으로 젖어서 돌아오곤 했다.

　그 강가에는 봄이, 여름이, 가을이, 겨울이 나의 나이와 함께 여러 번 댕겨갔다. 까마귀도 날아가고 두루미도 떠나간 다음에는 누런 모래둔과 그리고 어두운 내 마음이 남아서 몸서리쳤다. 그런 날은 항용 감기를 만나서 돌아와 앓았다.

할아버지도 언제 난지를 모른다는 동구 밖 그 늙은 버드나무 밑에서 나는 지금도 돌아오지 않는 어머니, 돌아오지 않는 계집애, 돌아오지 않는 이야기가 돌아올 것만 같아 멍하니 기다려본다. 그러면 어느새 어둠이 기어 와서 내 뺨의 얼룩을 씻어 준다.

Part 2 푸른 바다의 추억을 떠올리며

밀려들었다 밀려 나가는 물결은 물가의 모래를 말없이 씻어낸다.

그 누구의 발자국인고? 저 물결에 씻겨 없어지네.

인생이란 결국 물가의 모래 위에 써 놓고 가는 허무한 기록인가.

하지만 그것은 바닷물에 씻기고 또 씻기는 동안 흔적도 없이 사라지고 말 것이다.

그런 것을 우리는 좀 더 크게, 좀 더 길게 써 놓고 가려고

애쓰며 허덕이고 있지 않는가.

- 노천명, 〈해변단상〉 중에서

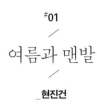

#01
여름과 맨발

_현진건

여름처럼 자연과 친하기 쉬운 시절은 없으리라. 풀도 한껏 푸르고, 나무도 한껏 우거진 데다, 풀밭 위를 맨발로 시름없이 돌아다니는 맛이란 어떤 말로도 형용할 수 없다.

문득, 어린 시절의 일이 떠오른다. 열두 살이었던가, 열세 살이었던가. 내가 사는 곳에서 한 십 리 정도 되는 앞산이란 곳에 놀러 간 적이 있다.

해가 뉘엿뉘엿 서산으로 넘어가 장엄하고도 힘없는 광선이 불그스름하게 나뭇가지에 걸렸을 무렵, 나는 고목 등걸에 앉아 있었다. 앞을 바라보니, 귀여운 아가씨 두어 명이 나물을 캐고 있는 모습이 보였다. 어린 새가 이제 막 날기를 배우는 것처럼 잠깐 걸었다가 주저앉고 다시 일어섰다가 주저앉는 모습이 눈에 띄었다. 이상한 것은 아가씨들이 모두 맨발이라는 것이었다.

발은 유순하고 폭신폭신한 파란 풀 속에 잠겼다가 이내 다시 떠올랐다. 놀라운 것은 발이 하얗기가 마치 흰 눈과도 같았다는 것이다. 또 미끄러지듯 풀 위로 나타났다 곧 숨는 것이 마치 물속에서 노는 은어(銀魚)와도 같았다. 나는 모든 것을 잊은 채 그 발에만 눈을 주었다.

10여 년이 지난 지금도 내 기억 속에는 그 모습이 강렬하게 남아 있다. ―미끄러지듯 풀 위로 나타났다 숨어버리는 그 예쁜 발.

그때도 여름이었다. 과연, 그 처녀들은 지금, 어디에서 뭘 하고 있을까.

그때부터 나는 여름만 되면 맨발이 떠오른다. 그리고 어떻게 형용할 수 없는 안타까운 마음으로 그때 그 아가씨들의 현재와 미래를 생각하곤 한다.

02

청춘예찬

_민태원

　청춘! 이는 듣기만 하여도 가슴이 설레는 말이다.

　청춘! 너의 두 손을 가슴에 대고, 물방아 같은 심장의 고동을 들어 보라. 청춘의 피는 끓는다. 끓는 피에 뛰노는 심장은 거선(巨船)의 기관과 같이 힘이 있다. 이것이다. 인류의 역사를 꾸며 내려온 동력은 바로 이것이다. 이성은 투명하되 얼음과 같으며, 지혜는 날카로우나 갑 속에 든 칼이다. 청춘의 끓는 피가 아니라면, 인간이 얼마나 쓸쓸하랴? 얼음에 싸인 만물은 얼음이 있을 뿐이다.

　그들에게 생명을 불어넣는 것은 따뜻한 봄바람이다. 풀밭에 속잎 나고, 가지에 싹이 트고, 꽃 피고, 새 우는 봄날의 천지는 얼마나 기쁘며, 얼마나 아름다우냐? 이것을 얼음 속에서 불러내는 것이 따뜻한 봄바람이다. 인생에 따뜻한 봄바람을 불어 보내는 것은 청춘의 끓는 피다. 청춘의 피가 뜨거운지라, 인간의 동산에는 사랑의 풀이 돋고, 이상의 꽃이 피고, 희망의 노을이 뜨고, 열락(悅樂, 기쁨과 즐거움)의 새가 운다.

사랑의 풀이 없으면 인간은 사막이다. 오아시스도 없는 사막이다. 보이는 끝까지 찾아다녀도, 목숨이 있는 때까지 방황하여도, 보이는 것은 거친 모래뿐일 것이다. 이상의 꽃이 없으면, 쓸쓸한 인간에 남는 것은 영락(零落, 초목의 잎이 시들어 떨어짐)과 부패뿐이다. 낙원을 장식하는 천자만홍(千紫萬紅, 울긋불긋한 여러 가지 빛깔의 꽃)이 어디 있으며, 인생을 풍부하게 하는 온갖 과실이 어디 있으랴?

이상! 우리의 청춘이 가장 많이 품고 있는 이상! 이것이야말로 무한한 가치를 가진 것이다. 사람은 크고 작고 간에 이상이 있음으로써 용감하고 굳세게 살 수 있는 것이다. 석가는 무엇을 위하여 설산(雪山)에서 고행하였으며, 예수는 무엇을 위하여 광야에서 방황하였으며, 공자는 무엇을 위하여 천하를 철환(轍環, 수레를 타고 돌아다님) 하였는가? 밥을 위하여서, 옷을 위하여서, 미인을 구하기 위하여서 그리하였는가?

아니다. 그들은 커다란 이상, 곧 만천하의 대중을 품에 안고, 그들에게 밝은 길을 찾아주며, 그들을 행복스럽고 평화스러운 곳으로 인도하겠다는 커다란 이상을 품었기 때문이다. 그러므로 그들은 길지 아니한 목숨을 사는가 싶이 살았으며, 그들의 그림자는 천고에 사라지지 않는 것이다. 이것은 현저하게 일월과 같은 예가 되려니와, 그와 같지 못하다 할지라도 창공에 반짝이는 뭇 별과 같이, 산야에 피어나는 군영(群英, 여러 가지 꽃)과 같이, 이상은 실로 인간의 부패를 방지하는 소금이라 할지니, 인생에 가치를 주는 원질(原質, 본디 성질이나 바탕)이 되는 것이다.

그들은 앞이 긴지라 착목(着目, 어떤 일을 주의하여 봄)하는 곳이 원대하고, 그들은 피가 더운지라 실현에 대한 자신과 용기가 있다. 그러므로 그들은 이상의 보배를 능히 품으며, 그들의 이상은 아름답고 소담스러운 열매를 맺어, 우리 인생을 풍부하게 하는 것이다.

보라, 청춘을! 그들의 몸이 얼마나 튼튼하며, 그들의 피부가 얼마나 생생하며, 그들의 눈에 무엇이 타오르고 있는가? 우리 눈이 그것을 보는 때에, 우리의 귀는 생의 찬미를 듣는다. 그것은 웅대한 관현악이며, 미묘한 교향악이다. 뼈끝에 스며들어 가는 열락의 소리다. 이것은 피어나기 전인 유소년에게서 구하지 못할 바이며, 시들어 가는 노년에게서 구하지 못할 바이며, 오직 우리 청춘에서만 구할 수 있는 것이다.

청춘은 인생의 황금시대다. 우리는 이 황금시대의 가치를 충분히 발휘하기 위하여, 이 황금시대를 영원히 붙잡아 두기 위하여, 힘차게 노래하며, 힘차게 약동하자.

#03

/

냉면

/

_김남천

　'냉면'이라는 말에 '평양'이 붙어서 '평양냉면'이라야 비로소 어울리는 격에 맞는 말이 되듯이, 냉면은 평양의 대표적인 음식이다. 언제부터 이 냉면이 평양에 들어왔으며, 언제부터 냉면이 평안도 사람의 입맛과 기호에 맞는 음식이 되었는지는 나 같은 무식쟁이로서는 알 수도 없거니와 알고 싶지도 않다.

　어린 시절 우리가 냉면을 국수라고 하여 비로소 입에 대게 된 것을 기억하는 평안도 사람은 극히 드물 것이다. 나도 그중 한 사람이다. 밥보다도 아니, 쌀로 만든 음식보다도 일찍 나는 이 국수 맛을 알았을지도 모른다. 어머니의 등에 업힌 채 어른들의 냉면 그릇에 여남은 가닥 남은 국수오리(면발), 즉 메밀로 만든 이 음식을 서너 개 있을까 말까 한 이로 끊어서 삼킨 것이 아마도 내가 냉면을 입에 대본 첫 기억일 것이다. 하지만 젖 먹다 뽑은 작은 입으로 이 매끈거리는 국수오리를 감물고(입술을 감아 들여서 꼭 묾) 쭐쭐 빨아올리던 기억이 있는지 없는지조차 가물가물하다. 누가 마을에 올 때 점심이나 밤참으로 반드시 이 국수를 먹던 것을 나는 겨우 기억할 따름이다. 잔칫날, 즉 약혼하고 편지 부치는 날에서부터 예물 보내는 날, 장가가는 날, 며느리 데려오는 날, 시집가고 보내는 날, 장가 와서 묵고 가는 날에 이르기까지, 언제나 이 국수가 출동했다. 이 밖에도 환갑날, 생일날, 제삿날, 장례식 날, 길사, 경사, 흉사에도 냉면이 나왔다.

특이한 것은 이 국수를 때로는 냉면으로, 때로는 온면으로 먹었다는 것이다. 심지어 정월 열나흘 작은 보름날에 이닦기엿, 귀밝이술과 함께 수명이 국수오리처럼 길어야 한다고 '명길이국수(국수가 길듯이 오래 살 수 있다는 뜻에서 해 먹던 국수)'라 이름 지어서까지 냉면 먹을 기회를 만들어 놓았다. 지금 생각해 보면 평안도 사람의 단순하고 담백한 식도락을 추상할 수 있어 매우 흥미롭다.

속이 클클한(뱃속이 좀 빈 듯하고, 목이 텁텁하여 무엇을 시원하게 마시거나 먹고 싶은 생각이 있음) 때라든지, 화가 치밀어 오를 때 화풀이로 담배를 피운다든지, 술을 마신다든지 하는 일은 흔히 있는 일이지만, 이런 때 국수를 먹는 사람의 심리는 평안도 태생이 아니고는 좀처럼 이해하기 힘들 것이다. 도박에 져서 실패한 김에 국수 한 양푼을 먹었다는 말이 우리 시골에 있다. 이렇게 될 때 이 국수는 확실히 술 대신이다. 나처럼 술잔이나 다소 할 줄 아는 사람도 속이 클클한 채 멍하니 방 안에 처박혀 있다가 불현듯 냉면 생각이 나서 관철동이나 모교 다리 옆을 찾아갈 때가 드물지 않다. 그런 때 거리에서 친구를 만나,

"차나 마시러 갈까?" 하면,

"여보, 차는 무슨 차, 우리 냉면 먹으러 갑시다."

하고, 앞장서서 냉면집을 찾았다.

모든 자유를 잃고, 음식 선택의 자유까지 잃었을 경우, 항상 애끊는 향수같이 엄습하여 마음을 괴롭히는 식욕의 대상은 우선 냉면이다. 그러고 보면, 냉면이 우리에게 갖는 은연함(겉으로 뚜렷하게 드러나지 아니하고 어슴푸레하며 흐릿함)은 매우 크다고 할 수 있다.

한방의(韓方醫)는 "냉면은 몸에 백해(百害, 온갖 해로운 일)는 있을지언정 일리(一利, 한 가지 이로움)도 없는 음식"이라고 말한다. 그것이 맞는지 틀렸는지는 알 길이 없다. 하지만 보약 같은 것을 복용할 때 금기 음식의 하나로 메밀로 만든 냉면이 들어가는 경우가 많은 것은 주지의 사실이다. 국수를 먹고 더운 구들(방)에서 잠을 자고 나면, 얼굴이 푸석푸석 붓고, 목이 칼칼하여 기침이 나는 것도 사실이다.

냉면은 몸에 해로운 것인지도 모른다. 국수물, 다시 말해 메밀 숭늉은 이뇨제 역할도 한다. 트리펠('임질'을 뜻하는 독일어) 같은 걸 앓는 이가 냉면에 돼지고기나 고추, 파, 마늘이 많이 들어간 것은 꺼리지만, 냉면 먹은 뒤 더운 국수물을 청해 한 사발씩 서서히 마시고 앉아 있는 것은 바로 이 때문이다. 그 이유를 그들에게 은근히 물어보면, 이것을 먹은 이튿날은 어떤 고명한 이뇨약보다 효과가 좋다고 한다.

냉면은 물론 메밀로 만든다. 메밀로 만든 국수는 사려 놓고 십여 분만 지나면 자리를 잡는다. 또 물에 풀면 산산이 끊어진다. 시골 외에는 순수

한 메밀로 만드는 국수는 극히 희소하다. 국숫발이 질기고 끊어지지 않는 것은 소다나 가타쿠리(얼레지라는 식물 뿌리로 만든 흰색 녹말가루)를 섞기 때문이라고 한다. 서울의 골목마다 있는 마른 사리 국수 또는 결혼식장에서 주는 국수오리 속에 몇 퍼센트의 메밀가루가 들었는지는 단언할 수 없다.

나는 서울에서 횡행하는 국수 대부분은 옥수수가루나 그와 유사한 것으로 만든 것이 아닌가 한다. 그것은 이틀 혹은 사흘을 두었다가도 먹을 수 있고, 얼렸다가도 더운 국물에 풀면 국수 행세를 할 수 있다. 하지만 이는 국수가 아닌 국수 유사품이다. 그러니 평양냉면이나 메밀국수와는 친척 간이나 되나마나 하다.

신록과 나

/

_최서해

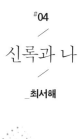

　우리 집은 선의궁(선희궁의 오기로 보임. 영조의 후궁이자 사도세자의
생모인 영빈 이씨의 위패를 봉안한 사당) 앞 큰길 건너편이외다. 대문을
나서면 고양이 이마빡만 한 배추밭이 있습니다. 그 밭을 왼편으로 끼고
이삼 간 나오면 실개천이 있습니다. 그것은 바로 선의궁 앞 큰길가인데,
인왕산에서 흐르는 물과 우리 동네에서 먹는 우물물이 서로 어울려서 졸
졸졸 흐르고 있습니다.

　그 개천가에는 늙은 버드나무가 드문드문 실같이 늘어진 가지를 떡 이
고 서 있습니다. 실같이 늘어진 그 가지가 연둣빛으로 물들어 봄바람에
하늘거리는 것을 이제야 비로소 보았습니다. 아침에 어린애가 밥 짓는 아
내를 하도 조르기에 안고 큰길로 나갔다가 보았습니다.

　이것은 거짓말 같은 참말입니다. 내가 이 동네로 이사한 지가 하루 이틀
이 아니요, 그 버드나무 가지가 푸른 것 또한 하루 이틀이 아니었을 터인

데, 내 눈에 뜨인 것은 어제 아침이 처음이었습니다. 마음이 허울(실속이 없는 겉모양)의 수고를 받으니 그런지 또는 내가 너무도 무심하여서 그런지는 모르나, 하여튼 바로 집 앞에 우거져 가는 버들잎을 어제야 비로소 봤을 때, 나는 어쩐지 나라는 존재를 너무도 어이없이 느끼지 않을 수 없었습니다.

나른한 아침 연기 속을 고요히, 그리고 정답게 흘러내리는 아침볕을 받고 서서 어린애 뺨같이 부드러운 싹에 실실이(실처럼 가는 가지마다) 푸른 그 가지를 보는 내 가슴은 까닭 모를 애틋함에 흔들렸습니다. 북악의 푸른빛과 인왕산 머리의 아지랑이도 모두 처음 보는 것 같았습니다. 천지는 이렇게 푸르렀습니다. 늙은 나무에까지 움이 텄습니다. 그래도 나는 몰랐습니다.

한 사래(갈아 놓은 밭의 한 두둑과 한 고랑을 아울러 이르는 '이랑'의 옛말)의 밭도 없는 내가 철은 알아 무엇하리까만, 생각해보면 철을 모르는 인간처럼 미미한 존재는 세상에서 또 없을 것입니다. 무엇이 나의 귀를 막고, 무엇이 나의 눈을 가리었던고.

나는 가슴에 안겨서 철없이 방긋거리는 어린것의 뺨을 문지르며 따스한 햇발이 흐르는 신록의 천지를 다시 보았습니다. 저 빛이야 철을 잃으리까만, 이 어린것들의 장래는 어찌 될는지.

박꽃 피는 저녁

내가 나고 자란 집.

어느덧 해가 지고, 더위가 슬며시 물러갔다. 그러자 기다렸다는 듯이 섶울타리(나뭇가지 여러 개를 합하여 단으로 하고 칡넝쿨이나 새끼 등으로 결속해서 만든 울타리)의 박꽃이 한꺼번에 환하게 핀다. 뒤울(집 뒤의 담이나 울타리) 안 장독대 옆에서는 조그마한 분꽃이 함께 핀다.

산들바람이 지나가다가 이슬 어린 거미줄을 톡―하고 건드린다. 어스름이 짙어간다. 그럴수록 박꽃은 더 희고, 더 은근하게 어둠 속에서 뚜렷이 떠오른다. 사실 박꽃은 제일 예쁜 꽃은 아니다. 촌 새색시처럼 부끄럼을 타는 꽃일 뿐.

옛날 궁에서 왕비를 간택할 때 "무슨 꽃이 제일 좋으냐?"고 물었더니, "벼꽃과 목화꽃이 제일 좋다"고―한 이가 뽑혔다는 이야기가 있다.

만일 내가 그 간택의 소임을 맡은 사람이었다면 그런 정취 없는 이를 왕비로 뽑지는 않았을 것이다.

꽃은 사람에게 아름답게 보여서 좋은 것이지 특정한 열매를 맺기 때문에 아름다운 것은 아니다. 그러므로 "벼꽃과 목화꽃이 제일 좋소."라고 답한 이는, 비록 그 대답은 기발할지언정 엄밀히 말해 타산가(打算家, 자신의 이해관계를 계산하는 사람)라고 할 수 있다.

박꽃이 좋다는 것 역시 어찌 보면 그런 의미로 볼 수 있다. 하지만 실은 그렇지도 않다. 박꽃은 황혼에 피어 있는 것이 적막해서 좋기 때문이다. 적막하다는 것은 보는 사람에 따라 다를지 모르지만, 여름 석양에 핀 박꽃을 보고 시원해 하지 않을 사람은 없을 것이다.

텃밭에 저녁 안개가 소리 없이 내려앉는다. 벌써 옥수수수염이 시들고, 마늘에는 고동빛(검붉은 빛을 띤 누런빛)이 솟았다. 노랗던 쑥갓 꽃 역시 어느새 시들어버렸다.

텃밭 잡풀 위에는 축축한 빨래가 널렸다. 이슬이 내려 빨래를 적신 후 풀 끝에 대롱대롱 구슬이 맺게 한다.

나비도 풀 끝에서 하룻밤 지나가던 잠자리를 빌어 고단한 꿈을 맺는다.

모깃불을 태운 잿더미에서 매캐한 연기가 뭉게뭉게 피어오른다. 모기 떼가 사방에서 왱왱—하고 떼 지어 무는 것이 깊은 땅속에서 울려 나오는 것처럼 멀게 들린다.

날은 아주 어두워졌다. 갈고리 진 초승달이 서쪽으로 넘어가려고 한다. 반딧불이 호박 덩굴 우거진 울타리 가에서 하나 또 하나 그리고 둘이 날며 반짝인다. 사립문 앞길을 지나가는 사람들의 이야기 소리가 도란도란 들리다가 사라진다.

밤은 촉촉하고 조용하다. 박꽃은 어둠 속에서 하얗게 빛난다. 호박벌이 날아와서 나래(날개)를 울린다.

밤에 피는 꽃에는 밤에 찾아오는 나비가 있다.

마당에서는 밀짚 방석 위에 돗자리를 펴놓고 빨래 다리기가 한창이다.

멀리 원두막에서 퉁소 소리가 끊겼다 이어졌다 한다.

이렇듯 인상 깊은 고향의 옛집이 마당은 물론 텃밭도 없어진 채 겨우 형태만 남아 있다. 하지만 쓰러져가는 그 집 울타리에서도 이때쯤이면 박꽃이 환하게 피어나고 있으리라.

06

돌베개

_이광수

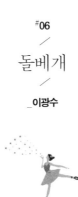

    옛날 한시에 '고침석두면(高枕石頭眠)'이라는 말이 있다. '돌베개를 높이 베고 잔다'는 말이다. 세상을 버린 한가한 사람의 모양을 말한 것이다. '탈건괘석벽 노정쇄송풍(脫巾掛石壁 露頂灑松風, 갓 벗어 바위에 걸고, 맨머리에 솔바람을 쏘이다)'과 같은 말이다. 옛날뿐만 아니라, 지금도 산길을 가노라면 무거운 짐을 벗어 놓고 돌베개를 베고 자는 사람을 볼 수 있다. 그 모습이 매우 시원해 보인다.

    《구약성경》을 보면 야곱이 돌베개를 베고 자다가 좋은 꿈을 꾸었다는 이야기가 있다. 그러나 야곱은 세상을 버리거나 잊은 사람은 아니요, 한 큰 민족의 조상이 되려는 불붙는 야심을 품은 사람이었다. 그는 유대 민족의 큰 조상이 되었다.

    나는 연전(年前, 몇 해 전)에 처음 이 집을 짓고 왔을 때, 아직 베개도 가져오지 않고 또 목침도 없기에 앞개울에 나가서 돌 하나를 얻어다가 베개로 삼았다. 마침 여름이어서 돌베개를 베고 자는 맛은 참 시원하였다. 그 때부터 나는 돌베개를 좋아하게 되었다.

그러나 돌베개에는 한 가지 흠이 있으니, 그것은 무게가 많이 나간다는 것이다. 그러니 도저히 가지고 다닐 수가 없다. 그래서 내가 광릉 봉선사에 머물 때는 돌베개 하나를 더 구하였다. 그것은 참으로 잘 생긴 돌이었다. 대리석과 같이 흰 차돌이 여러 만 년 동안 물에 갈리고 씻긴 것이어서 하얗기가 마치 옥과도 같았다. 하지만 광릉을 떠날 때 거기에 두고 왔다.

돌베개를 베고 자노라면 외양간에서 소의 숨소리가 들린다. 씨근씨근 푸우푸우—하는 소리다. 나는 처음에는 소가 병이 든 게 아닌가 싶었다. 그러나 그런 것은 아니었다. 이십여 일을 계속해서 논을 가느라고 몸이 고단해서 특별히 숨소리가 크고 가끔 한숨을 쉬는 것이었다. 못난이니, 자빡뿔(뒤로 기울어지고 끝이 뒤틀린 쇠뿔)이니, 갖은 험구(險口, 헐뜯는 소리나 욕)를 다 듣던 우리 소는 이번 여름에 십여 집 논을 갈았다. 흉보던 집 논도 우리 소는 노여워하지 않고 갈아주었다. 그러고는 밤이면 고단해서 수없이 한숨을 쉬고 있는 것이다.

07

백로

_이광수

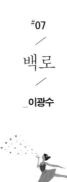

바로 내 집 문전이 해오리가 다니는 길인가 보다. 문재산의 푸른 병풍을 배경으로 해오리가 흰 줄을 그어서 날아가는 것을 한 시간에도 여러 번 볼 수 있다. 느릿느릿 여러 가지 곡선을 그리며 날아가는 것을 보면 마음이 한가해진다.

나는 가끔 내 서창(書窓, 서재에 나 있는 창) 앞 방죽 위에, 흔히 식전에 허연 것이 웅숭그리고 앉아있는 것을 보고 사람인가 하고 놀라는 일이 있다. 그것은 해오리다. 봇돌(아궁이 양쪽에 세우는 돌)에 아침먹이를 엿보는 것이겠지만, 언제까지나 꼼짝도 하지 않고 앉아 있는 것을 보면 옛사람들이 망기(忘機, 속세의 일이나 욕심을 잊음)라고 비기는 것도 그럴듯한 일이다. 더구나 참새가 깝죽대고, 제비가 팔랑거리고, 나비가 나불대는 것을 전경으로 하고 볼 때 해오리는 세상을 잊은 사람에 비길 수밖에 없다.

여기도 해오리가 그리 많지는 아니하다. 사릉의 노송도 다 꺾이니 따오기나 황새 같은 점잖은 새들이 몸 붙일 곳이 차차 줄어간다.

"저놈, 저 못자리 밟는다."

하고, 해오리도 농부의 미움을 받는 일이 있다. 그러나 원체 그 수가 적기 때문에 미움보다는 사랑을 받는 모양이다.

"이놈, 이놈!"

하고, 돌팔매를 들고 따라가다가도 너슬너슬(굵고 긴 털이나 풀 따위가 부드럽고 성긴 모양) 도롱농 같은 꼬리(그것도 꼬리라고 해야 할까)를 늘이고 한 다리를 들고 조는 듯이 앉아 있는 모습을 보면, 누구나 손에 들었던 돌을 슬며시 버리게 된다.

해오리는 쌍으로 다닐 때가 드물다. 대개는 혼자 날아다닌다. 어디까지나 높고 외로운 선비의 모습이다.

아무리 봐도 그는 열정가는 아니다. 담담한 성격이다. 까분다든가, 방정맞다든가, 허욕을 부리고 싸움질을 한다든가, 그런 마음을 가진 자는 아니다. 그에게는 기러기와 같이 장공만리(萬里長空, 끝없이 높고 먼 공중)를 날아 새 경지를 개척하려는 야심도 없다. 꿩과 같이 겁이 많고 성 잘내는 패도 물론 아니다. 그렇다고 부엉이나 올빼미 모양으로 의뭉스럽지도 않다. 그에게 비길 벗은 오직 두루미가 있을 뿐이다. 그러나 두루미가 걸걸한 편이라면 해오리는 고요한 편이다. 우선, 차림부터가 그러하다. 두루미는 아직도 이마에 붉은 장식을 하고 까만 치마를 둘러서 꾸미는 마음이 가시지 못한 것 같지만, 해오리는 이미 그런 마음까지도 버렸기 때문이다. 모든 것을 다 버린 경지다. 이른바 배고프면 먹고 졸리면 자는 지경에 이른 도인이다.

꾸밈없이 아무렇게나 차리기로는 솔개가 있다. 그는 마치 누더기를 입은 행자나 선승과 같지만, 그에게는 험상함이 있다. 그렇지만 솔개도 속세를 떠난 일종의 도인임에는 틀림이 없다. 속에 불측한 뜻을 품고 슬슬 기회를 엿보는 야심가라고나 할까.

08

여름밤

_노천명

앞벌(마을 앞쪽에 있는 벌판) 논에선 개구리들이 소낙비처럼 울어대고, 삼밭에서 오이 냄새가 풍겨오는 저녁. 마당 한 귀퉁이에서는 범산덩굴(황폐한 곳에서 자라는 한해살이 덩굴 풀), 엉겅퀴, 다북쑥이 생채로 들어가 한데 섞여 타는 냄새가 난다. 제법 독기 있는 냄새다. 그러나 그것은 모깃불로 쓰일 뿐만 아니라 값진 여름밤의 운치를 지니고 있다.

달 아래 호박꽃이 환한 저녁이면 군색스럽지(보기에 모자라고 옹색한 데가 있는) 않아도 좋은 넓은 마당에는 모깃불이 피워지고, 그 옆으로 명석이 깔린다. 그리고 잠시 후, 거기에선 여름살이 다림질이 한창 벌어진다. 명석에 앉아 보면 시누이와 올케도 정다울 수 있고, 큰 아기에게 다림질을 붙잡히며, 나이 지긋한 어머니는 별처럼 먼 이야기를 들려주기도 한다. 함지박(통나무의 속을 파서 큰 바가지같이 만든 그릇)에는 갓 쪄서 김이 모락모락 나는 노란 강냉이가 먹음직스럽게 담겨 나온다.

쑥댓불(쑥을 뜯어말려서 단으로 만들어 붙인 불. 해충을 쫓는 데 쓰인다)의 알싸한 냄새를 싫지 않게 맡으며 불부채로 종아리에 덤비는 모기를 날리면서 강냉이를 뜯어 먹으며 누워있노라면, 어느새 여인네들의 이야기꽃이 피어난다. 이런 날 나오는 별식은 강냉이뿐이 아니다. 방앗간에서 갓 빻아 온 햇밀에 굵직굵직하고 얼숭덜숭(회색과 검은색 등이 뒤섞여 있는 색깔)한 강낭콩을 함께 묻힌 밀범벅이도 있다. 그 구수한 맛이란, 큰 도시의 식당 음식으로는 도저히 감당할 수 없다.

온 집안에 매캐한 연기가 골고루 퍼질 때쯤이면, 쑥 냄새가 한층 짙어져서 집 안으로 들어간다. 그러면 영악한 모기들도 아리송아리송(긴가민가하여 뚜렷하게 분간하기 어려운 모양)하는가 하면, 수풀 기슭으로 반딧불을 쫓아다니던 아이들 역시 하나둘 잠자리에 든다. 마을의 여름 밤은 더욱 깊어지고, 아낙네들은 멍석 위에 누운 채 꿀 같은 단잠의 유혹에 빠진다.

쑥을 더 집어넣는 사람도 없이 모깃불의 연기도 차츰 가늘어지고 보면, 여기는 바다 밑처럼 고요해진다. 동굴 속에서 베를 짜던 마귀할멈이라도 나와서 다닐 성싶은 이런 밤엔 헛간 지붕 위에 핀 박꽃의 하얀 빛이 나는 더욱 무서워진다.

한잠 자고 난 아기는 아닌 밤중 뒷산 포포새(뻐꾸기) 울음소리에 깜짝 놀라 엄마 가슴을 파고들고, 삽살개란 놈은 괜히 울음을 운다. 그러면 온 동네 개들이 함께 달을 보고 싱겁게 짖어댄다.

[#]09

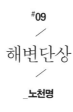

해변단상

_노천명

　넓은 바다, 푸른 물결이 그리워 바다를 찾았다. 아우성치는 세상을 떠나, 하얀 명주 모래 위에 7월의 푸른 하늘과 새파란 바다를 벗 삼고, 고단한 나의 영(靈)을 대자연 속에 자유롭게 놓아주었다. 푸른 물, 흰 모래, 새빨간 해당화……. 이 모든 것들은 고달픈 나의 마음에 평온한 안식을 가져다준다. 이렇듯 그윽하고 인자한 대자연의 품을 떠나, 나는 왜 그 거리를 다리 아프게 헤매었을까. 그리고 과연 무엇을 얻었을까.

　진실이 진실을 맺는다는 것은 거짓이요, 선이 선을 낳는다는 것 역시 믿지 못할 말이란 것밖에, 내가 깨달은 것은 없다. 선한 싸움을 하다가 "낙심하지 마라. 때가 되면 거두리라."는 그이의 말씀을 그대로 끝까지 믿어야지. 때가 아직 멀었다고는 하지만, 내 영혼이 지칠 때까지 나는 이 싸움을 계속해야 할 것이다.

　밀려들었다 밀려 나가는 물결은 물가의 모래를 말없이 씻어낸다. 그 누구의 발자국인고? 저 물결에 씻겨 없어지네.

인생이란 결국 물가의 모래 위에 써 놓고 가는 허무한 기록인가. 하지만 그것은 바닷물에 씻기고 또 씻기는 동안 흔적도 없이 사라지고 말 것이다. 그런 것을 우리는 좀 더 크게, 좀 더 길게 써 놓고 가려고 애쓰며 허덕이고 있지 않는가. 그리고 울며 웃는 인간들—

이 세상은 가면무도회! 너도, 나도, 그도, 저도 탈바가지를 쓴 채 춤을 춘다. 그중 가장 탈바가지를 잘 쓴 자만이 결국 성공한다는구나.

모래물을 스쳐 내리는 그윽한 물소리. 신비한 침묵의 속삭임이여! 넓고 둥근 이 하늘 밑에서 사람들은 왜 공평하지 못하며, 넓고 넓은 저 바다를 보는 이 마음은 왜 저처럼 넓지 못한가. 발부리에 한 포기 새빨간 해당화! 이 아름다운 꽃을 보는 이 마음은 왜 그처럼 아름답지 못하며, 보드랍고 순결한 흰 모래를 사랑하는 네 마음은 왜 이다지도 거칠고, 그처럼 순결하지 못하단 말인가. 인간의 어떤 채찍도, 어떠한 형벌로도 감히 나를 울리지 못할 것을. 말 없는 대자연에 내 영이 접할 때 떨어지는 눈물을 나는 어찌할 수 없다.

나는 모래 위에 참 진(眞)자를 쓰고는 닦고 또 닦고 또다시 써 보았다. 모든 것은 의문이다. 영원한 의문이다. 그렇다면 여러 개의 작은 의문표들을 한 큰 의문표로 나타낸 것이 인생이런가.

해가 지는 줄도 몰랐더니, 어느덧 바다 위에는 두둥실 달이 떴다. 반짝이는 별님은 용궁의 아가씨들을 꾀어내려고 새파란 눈을 깜박거린다. 무거운 침묵에 바다도 잠기고, 해당화의 새파란 꿈도 깊어 가는데, 물가의 갈매기의 구슬픈 소리는 이름 모를 객의 심사를 속절없이 돋우어만 준다.

#10
/
모색(暮色)
/
_이 상

　바구니의 삼베 보를 벗기자 머루와 다래가 나왔다. 내게 사달라는 것이다. 하지만 나는 머루와 다래의 덜 익은 맛을 좋아하지 않는다. 그래서 들어가지 않겠다고 했다. 도대체 어처구니없이 젊다.

　또 하나의 바구니에는 복숭아가 가득 들어 있다. 하지만 그것은 복숭아 같은 모양을 하고는 있지만, 무릇 복숭아는 아니다. 새파랗고 조그마한 다른 과일이다.

　그러나 이것은 복숭아인 것이다. 나는 그것을 조금 먹어 보고는 깜짝 놀랐다.

　대체로 내 혓바닥은 약하다. 금세 맹목(盲目, 사물을 볼 수 없는 눈)이 될 성싶을 만큼.

　촌사람들, 특히 아이들은 아귀(염치없이 먹을 것을 탐하는 사람)처럼 입을 물들이며 먹는다. 나는 그들의 혀가 초인간적으로 건강한 데 혀를 차지 않을 수 없었다. 아니, 촌사람만도 아니다. 파는 사람 자신부터가 열심히 먹으면서 장사를 한다. 그건 그렇게 먹음으로써 다른 사람들에게 식욕을 일으킬 수 있다는 속셈도 있을 것이다. 참으로 늘어진 팔자라고 할 수 있다.

한 사람은 꼬부랑 노인으로서 불행한 운명 때문에 50평생을 이미 꼬깃꼬깃 구겨 버리고 말았다. 보기만 해도 가엾은 얼굴이다. 그리고 또 한 사람은 어처구니없이 젊다. 그녀는 어머니다.

젖먹이 어린놈은 더럽혀진 장난감처럼 지저분하고 때로는 심술궂게 악을 쓴다. 그런데 그 어머니는 거의 무신경하다. 그뿐인가. 때 묻은 젖을 축 늘어뜨린 채 머루만 맛있게 씹고 있다.

노인은 한 푼이라도 더 돈으로 바꾸고 싶었을 것이다.

먹지도 않고, 그 곁에서 수연만장(垂涎萬丈, 침을 만 길이나 흘리다. 제것으로 만들고 싶어 몹시 탐을 냄)하는 내게 "하나쯤 먹어 보는 것도 좋다. 그리고 맛있거든 제발 좀 사 달라"며 울음 반 웃음 반이다.

하지만 나는 나대로 "사지 않을 테니 필요 없다"고 말했다.

그러자 이번에는 어린 것에게 젖을 먹이느라고 잠시 먹던 걸 중지하고 있던 그 젊은 어머니에게 권하는 것이었다. 아마 그녀는 노인의 며느리일 것이다.

며느리는 다시 복숭아와 머루를, 그 시원한 즙을 입속 가득히 스며들도록 넣으면서 음향 효과 역시 신명 나게 씹고 있다.

무엇보다도 나는 그녀가 어떻게 이렇게 어린놈을 낳았는지, 그것이 불

가사의해서 견딜 수 없었다. 아마 서방은 건장한 농사꾼일 것이다. 약간 나이가 위인……아니면, 나이가아래일까?

부부의 비밀—노인의 저 쭈글쭈글한 얼굴에 나타난 단념과 만족의 표정. 아들의 행복은 바로 노인의 행복인 것이다.

이 새댁 역시 언젠가는 저 세피아 색으로 반짝반짝하는 노인이 될 것이다. 또 지금 제 가슴팍에 매달려 있는 젖먹이 때문에 자신의 50평생을 희생한 것도 잊은 채 단념과 만족의 생을 보낼 것이다. 새 며느리를 맞이할 즈음, 산에는 다래와 머루가 익을 것이다. 그땐 그것이 벌써 전매특허가 되어 버렸을지도 모른다.

어느덧 모색(暮色)은 마을에 내려와 저 가난한 장사치들도 모두 돌아가고 말았다.

하지만 그 노인만은 홀로 '조세 장려 표항(標杭, 표지)' 옆에서 애달프게 머물러 있었다. 아마 그것 역시 노인의 노파심 때문일 것이다. 하지만 젊은어머니는이미 사라지고 없다.

---

* 모색(暮色) – 날이 저물어 가는 어스레한 빛

11

산촌여정

_이 상

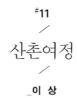

1

향기로운 MJB(미국산 '커피' 상표)의 미각을 잊어버린 지도 이십여 일이나 되었습니다. 이곳은 신문도 잘 오지 않고, 체전부(우체부) 역시 간혹 '하도롱(hard-rolled paper, 다갈색 종이로 봉투나 포장지를 만듦)' 빛 소식을 가져올 뿐입니다.

거기에는 누에고치와 옥수수의 사연이 적혀 있습니다. 마을 사람들은 멀리 떨어져 사는 친척 때문에 걱정이 이만저만 한 것이 아닌가 봅니다. 나도 도시에 남기고 온 일이 걱정됩니다.

건너편 팔봉산에는 노루와 멧돼지가 산다고 합니다. 기우제를 지내던 개골창(수챗물이 흐르는 작은 도랑)까지 내려와서 가재를 잡아먹는 '곰'을 본 사람도 있답니다. 동물원에서밖에 볼 수 없는 동물들을 직접 봤

다니, 놀라울 따름입니다. 산에 있는 동물을 사로잡아다가 동물원에 가둔 것이 결코 아닙니다. 그래서인지 동물원에 있는 동물을 산에다 풀어놓은 것만 같은 생각이 자꾸 듭니다.

달도 없는 그믐칠야(漆夜, 옻칠한 듯 어두운 밤)면 팔봉산도 사람이 침소에 들 듯 어둠 속으로 완전히 사라지고 맙니다. 하지만 공기는 수정처럼 맑고, 별빛만으로도 충분히 좋아하는 《누가복음》을 읽을 수 있습니다. 참별 역시 도시보다 갑절이나 더 많이 뜹니다. 너무 조용해서 별이 움직이는 소리가 들릴 것만 같습니다.

객줏집 방에는 석유 등잔을 켜놓습니다. 도시의 석간(夕刊)과 같은 그윽한 냄새가 소년 시절의 꿈을 부릅니다.

정형! 그런 석유 등잔 밑에서 밤이 깊도록 '호까'─ 연초갑지(煙草匣紙, 담배를 싸는 종이)를 붙이던 생각이 납니다. 벼쨍이(베짱이)가 한 마리가 등잔에 올라앉았더니, 연둣빛 색채로 혼곤한(정신이 흐릿하고 고달픈) 내 꿈에 영어 'T'자를 쓰고, 유(類) 다른 기억에다는 군데군데 '언더라인'을 그어 놓습니다. 이에 나는 슬퍼하는 것처럼 고개를 숙이고 도시의 여차장이 차표 찍는 소리와도 같은 그 음악을 가만히 듣습니다. 그러면 그것이 또 이발소 가위 소리와도 같아, 눈을 감고 가만히 그 소리를 들어봅니다. 그리고 비망록을 꺼내어 머룻빛 잉크로 산촌의 시정(詩情)을 기록하기 시작합니다.

그저께 신문을 찢어버린

때 묻은 흰나비

봉선화는 아름다운 애인의 귀처럼 생기고

귀에 보이는 지난날의 기사

얼마 후면 목이 마릅니다. 자리물 — 심해처럼 가라앉은 냉수를 마십니다. 석영질 광석 냄새가 나면서 폐부(肺腑)에 한란계(寒暖計, 온도계) 같은 길을 느낍니다. 백지 위에 싸늘한 곡선을 그리라면 그릴 수도 있을 것 같습니다.

푸른 돌을 얹은 지붕에 별빛이 내리면 한겨울에 장독 터지는 것 같은 소리가 납니다. 벌레 소리 역시 요란합니다. 가을이 엷서 한 장 적을 만큼 천천히 오기 때문입니다. 이런 때 무슨 재주로 광음(光陰, 시간의 흐름)을 헤아리겠습니까?

맥박소리가 방 안을 시계로 만들어버리고, 그 장침과 단침(시계의 두 바늘)의 나사못이 돌아가느라 양쪽 눈이 번갈아 간질간질합니다. 코로 기계기름 냄새가 드나듭니다. 석유 등잔 밑에서 졸음이 오는 기분입니다. '파라마운트(미국의 영화 제작회사)' 상표처럼 생긴 도시 소녀가 나오는 꿈을 조금 꿉니다. 그러다가 도시에 남겨두고 온 가난한 식구들을 꿈에서 봅니다. 그들은 마치 사진 속의 포로처럼 나란히 늘어서 있습니다. 그리고 내게 걱정을 안깁니다. 그러면 그만 잠이 확 깨어버립니다.

차라리 죽어버릴까란 생각을 해봅니다. 벽의 못에 걸린 다 해어진 내 저고리를 쳐다봅니다. 그러고 보니, 그것은 서도천리(西道千里, 황해도

와 평안도)를 나를 따라서 여기에 와 있습니다, 그려!

2

등잔 심지를 돋우고 불을 켠 후 비망록에 철필로 군청 빛 '모'를 심어갑니다. 불행한 인구가 그 위에 하나하나 탄생합니다. 조밀한 인구가—

'내일은 온종일 화초만 보고 탈지면(脫脂綿)에다 '알코올'을 묻혀서 온갖 근심을 문지르리라'는 생각을 해봅니다. 너무나 꿈자리가 뒤숭숭해서 그렇습니다. 화초가 피어 만발하는 꿈, '그라비어'(Gravur, 사진 제판에 사용되는 인쇄법) 원색판 꿈, 그림책을 보듯이 즐겁게 꿈을 꾸고 싶습니다. 간단한 설명을 위해 상쾌한 시를 지어서 칠(七) '포인트' 활자로 배치하는 것도 좋을 것 같습니다.

도시에 화려한 고향이 있습니다. 활엽수만으로 된 산이 고향의 시각을 가려 버린 이 산촌에 팔봉산 허리를 넘는 철골전신주가 소식의 제목만을 부호로 전하는 것 같습니다.

아침에 볕에 시달려서 마당이 부스럭거리면 그 소리에 잠을 깹니다. 하루라는 '짐'이 마당에 가득한 가운데 새빨간 잠자리가 병균처럼 움직입니다.

잔 석유 등잔에 불이 아직 켜져 있습니다. 그 안에 사라진 밤의 흔적이 낡은 조끼 '단추'처럼 고스란히 남아 있습니다. 이는 어젯밤을 다시 방문할 수 있는 '요비링(초인종)'입니다.

지난밤의 체온을 방 안에 내던진 채 마당으로 나갑니다. 마당 한 모퉁이에는 화단이 있습니다. 불타오르는 듯한 맨드라미꽃 그리고 봉선화. 지하에서 빨아올리는 이 화초들의 정열에 호흡이 부쩍 더워집니다. 여기 처녀들 손톱 끝에 물들일 봉선화 중에는 흰 것도 섞여 있습니다. 흰 봉선화도 붉게 물들까? ― 조금도 이상스러울 것 없이 흰 봉선화는 꼭두서니 빛으로 곱게 물들 것입니다.

　수수깡 울타리에 '오렌지' 빛 여주가 열려, 강낭콩 넝쿨과 어우러져 '세피아' 빛을 배경으로 한 폭의 병풍을 연출합니다. 그 끝에는 노란 호박꽃이 피어 있는데, 소박하면서도 대담한 그 위로 '스파르타' 식 꿀벌이 한 마리 앉아 있습니다. 그것은 녹황색에 반영되어 '세실.B. 데밀(미국의 유명한 영화감독으로 〈십계〉, 〈삼손과 델릴라〉 등을 만듦)'의 영화처럼 화려하기만 합니다. 귀를 기울이면 '르네상스' 응접실에서 들리는 선풍기 소리가 납니다.

　야채 '사라다(샐러드)'에 들어가는 '아스파라거스' 잎사귀 같은 화초가 있어, 객줏집 아이에게 물어봅니다.

　"기상 꽃 ― 기생화(妓生花)는 어떤 꽃이 피나?"

　― 진홍 비단 꽃이 핀답니다.

　조상들이 지정하지 아니한 '조 세트(우아한 여름 옷감)' 치마에 '웨스트민스터(영국 담배 이름)'를 감아놓은 것 같은 도시 기생의 아름다움을 떠올려 봅니다. 박하보다도 훈훈한 '리그래 츄잉껌(미국 껌 이름)' 냄새, 두꺼운 장부를 넘기는 듯한 그 입맛 다시는 소리 ― 그러나 여기에 필 기생 꽃은 분명히 혜원(화가 '신윤복'의 호)의 그림에서 본 것 같은 — 혹은 우리가 어린 시절 봤던 인력거에서 홍일산(붉은색 양산)을 바쳐 쓰던 지난날 삽화 속의 기생일 것입니다.

청둥호박(겉이 단단하고 씨가 잘 여문 호박)이 열렸습니다. 호박꽃 자리에 무시루떡 — 그 훅훅 끼치는 구수한 냄새를 좇아서 증조할아버지의 시골뜨기 망령은 정월 초하룻날 또는 한식날 우리를 찾아오는 것입니다. 그러나 저 국가 백 년의 기반을 생각하게 하는 넓적하고도 묵직한 안정감과 침착한 색채는 '럭비' 공을 안고 뛰는 이 '제너레이션(Generation)'의 젊은 용사의 굵직한 팔뚝을 기다리는 것 같습니다.

유자가 익으면 껍질이 벌어지면서 속이 삐져나온다고 합니다. 하나를 따서 실 끝에 매어 방에다 걸어둡니다. 물방울 져서 떨어지는 풍염(豊艶, 얼굴 생김새가 살지고 아름다움)한 미각 밑에서 연필처럼 수척해져 가는 이 몸에도 조금씩 살이 오르는 것 같습니다. 그러나 이 채소도, 과일도 아닌 '유머러스'한 용적에는 아무런 향기도 없습니다. 세숫비누에 한 겹씩 한 겹씩 해소되는 도시의 육향(肉香)만이 방안을 배회할 뿐입니다.

3

팔봉산 올라가는 초경(草逕, 수풀로 덮인 지름길) 입구 모퉁이에 최 OO 송덕비와 또 OOOO 아무개의 영세불망비(永世不忘妃)가 항공우편 '포스트'처럼 서 있습니다. 듣자하니, 그들은 아직 다들 생존해 있다고 합니다. 우습지 않습니까?

교회가 보고 싶었습니다. 그래서 '예루살렘' 성역으로부터 수만 리 떨어져 있는 이 마을의 농민들까지도 모두 사랑하는 신 앞으로 회개하게 하고 싶었습니다. 발길이 찬송가 소리 나는 곳으로 갑니다.

누군가 포플러나무 아래 '염소' 한 마리를 매어 놓았습니다. 구식으로 수염이 났습니다. 나는 그 앞에 가서 그 총명한 동공을 들여다봅니다. '세룰 로이드'로 만든 정교한 구슬을 '오브라ー드(oblato, 전분으로 만든 얇은 원형의 부편. 투명한 전분지)'로 싼 것 같이 맑고, 투명하고, 깨끗하고, 아름답습니다. 도색(桃色, 복숭아색) 눈자위가 움직이면서 내 삼정(三停, 머리와 이마의 경계 및 코끝과 턱 끝)과 오악(伍岳, 이마·코·턱·좌우 관골)이 고르지 못한 빈상(貧相, 가난한 관상)을 업신여기는 중입니다.

옥수수밭은 일대 관병식(觀兵式, 군대의 행진을 지켜보는 예식)입니다. 바람이 불면 갑주(甲冑, 갑옷과 투구) 부딪치는 소리가 우수수 납니다. '카ー마인(carmine, 연지벌레에서 뽑아낸 홍색 물감)' 빛 꼬고마(군인이 벙거지에 꽂던 붉은 털)가 뒤로 휘면서 너울거립니다.

팔봉산에서 총소리가 들렸습니다. 장엄한 예포소리가 분명합니다. 그러나 그것은 내 곁에서 소조(小鳥, 작은 새)의 간을 떨어뜨린 공기총 소리였습니다. 그러면 옥수수 밭에서 백·황·흑·회, 또 백, 가지각색의 개가 퍽 여러 마리 열을 지어서 걸어 나옵니다. '센슈얼'한 계절의 흥분이 이 '코사크(Cossack, 카자흐의 영어식 이름)' 관병식을 한층 더 화려하게 합니다.

산삼이 풀어져 흐르는 시내의 징검다리 위에는 백채(白菜, 흰 채소) 씻은 자취가 남아 있습니다. 풋김치의 청신(淸新, 푸릇푸릇하고 풋풋한)한 미각이 안약 '스마일'을 연상시킵니다. 화성암으로 반들반들한 징검다리 위에 삐뚤어진 N자처럼 쪼그리고 앉아 있으면 물동이를 머리에 인 채 주저하는 두 젊은 새색시가 다가옵니다. 이에 미안해서 일어나기는 하지만 일부러 마주 보며 걸어가 그녀들과 스칩니다. '하도롱' 빛 피부에서 푸성귀(사람이 가꾼 채소나 저절로 난 나물 따위를 통틀어 이르는 말) 냄새가 납니다. '코코아' 빛 입술은 머루와 다래로 젖어 있습니다. 나를 쳐다보지 못하는 동공에는 정제된 창공이 '간쓰메(통조림)'가 되어 있습니다.

M백화점 '미소노(1930년대 일제 화장품 이름)' 화장품 '스윗걸(Sweet girl)'이 신은 양말은 이 새색시들의 피부색과 똑같은 소맥(밀) 빛이었습니다. 삐뚜름하게 붙인 유선형 모자 고양이 배에 '화—스너(Fastener, 지퍼나 클립고 같이 분리된 것을 잠그는 데 쓰는 기구의 총칭)'를 장치한 가벼운 '핸드백'— 이렇게 도시의 참신한 여성을 연상해 봅니다. 그리고 새벽 '아스팔트'를 구르는 창백한 공장 소녀들의 회충과도 같은 손가락을 떠올립니다. 이렇듯 온갖 계급의 도시 여인들의 연약한 피부를 통해 그네들의 육중한 삶을 느끼지 않습니까?

4

가난하지만 무명처럼 튼튼한 피부에는 오점이 없고, '츄잉껌', '초콜레이트' 대신 달짝지근한 꼬아리(꽈리)를 부는 이 숭굴숭굴한 시골 새색시들을 나는 더 알고 싶습니다. 축복해주고 싶습니다.

교회는 보이지 않습니다. 도시 사람들의 교활한 시선이 수줍어서 수풀 사이로 숨어버리고 종소리의 여운만이 근처에 냄새처럼 남아서 배회하고 있습니다. 혹 그것은 안식을 잃은 내 영혼이 들은바, 환청에 지나지 않았는지도 모릅니다.

조밭 한복판에 높은 뽕나무가 있습니다. 뽕 따는 새색시가 전공부(電工夫, 전기기사)처럼 나무 위에 높이 올랐습니다. 거기에는 순백의 가장 탐스러운 과일이 열려 있습니다. 두 명은 나무에 오르고, 한 명은 나무 아래서 다랭이(대야)를 채우고 있습니다. 한두 잎만 따도 다랭이가 철철 넘치는 민요의 무대면(舞臺面, 무대 위에 나타나는 장면이나 정경)입니다.

조 이삭은 모두 말라 죽었습니다. '코르크'처럼 가벼운 이삭이 근심스럽게 고개를 숙였습니다. 오―비야, 좀 오려무나.

해면처럼 물을 빨아들이고 싶어 죽겠습니다. 그러나 하늘은 구름 한 점 없이 푸르고, 맑으며, 부숭부숭(핏기 없이 조금 부은 듯한 모양)할 뿐입니다. 마치 깊지 않은 뿌리의 SOS 암반 아래를 흐르는 지하수에 다다를 지경입니다.

두 소년이 고무신을 벗어들고 시냇물에 발을 담궈 고기를 잡습니다. 지상의 원한이 스며 흐르는 정맥―그 불길하고 독한 물에 어떤 어족이 살고 있는지―시내는 대지의 신열을 뚫고 벌판이 기울어진 방향으로 흐르고 있습니다. 그것은 가을의 풍설(風說, 바람처럼 떠도는 소문)입니다.

혹시 가을이 올 터인데, 와도 좋으냐?고 쏘근쏘근(소곤소곤)하지 않습니까? 조 이삭이 초례청(醮禮廳, 초례를 치르는 장소) 신부가 절할 때 나는 소리처럼 부스스— 구깁니다. 노회한 바람이 조 이파리에 난숙(欄熟, 너무 익음)을 최촉(催促, 재촉)하는 것입니다. 하지만 조의 마음은 푸르고 초조하며 어릴 뿐입니다.

조밭을 어지럽힌 사람은 누구일까요? — 기왕 한 될 조여든 — 그런 마음으로 그랬을까요? 몹시도 어지럽혀 놓았습니다. 누에 — 호호(戶戶, 집집)에 누에가 있습니다. 조 이삭보다도 굵직한 누에가 삽시간에 뽕잎을 먹습니다. 이 건강한 미각은 왕후와 같이 존경스러우며 치사(侈奢, 사치와 같은 말)합니다.

새색시들은 뽕 심부름하는 것으로 마지막 영광을 삼습니다. 그러나 뽕이 떨어졌습니다. 온갖 폐백이 동난 것처럼 새색시들의 정열 역시 빛이 바랩니다. 어둠을 틈타 새색시들은 경장(輕裝, 가벼운 옷차림)으로 나섭니다. 얼굴의 홍조가 가리키는 방향으로 — 뽕나무에 우승컵이 놓여 있습니다. 그리로만 가면 되는 것입니다.

조밭을 짓밟습니다. 자외선에 맛있게 불태운 새색시들의 발이 그대로 조 이삭을 밟고 '스크럼(Srcum)'을 짭니다. 그리하여 하늘에 닿을 지성이 천고마비 잠실(누에가 있는 방) 안에 있는 성스러운 귀족 가축들을 살찌게 하는 것입니다. '콜레트 부인(프랑스의 여류 소설가)의 〈빈묘(牝猫), 암고양이〉를 생각하게 하는 말캉말캉한 '로맨스'입니다.

5

간이학교 곁집 길가에서 들여다보이는 방 안에서 누에 틀 소리가 납니다. 편발처녀(머리를 땋아 내린 처녀)가 맨발로 기계를 건드리고 있습니다. 기계는 허리를 스치는 가느다란 실이 간지럽다는 듯이 깔깔거리며 웃고 있습니다. 웃으며, 지근대며 명산 ○○ 명주가 짜여 나오니, 열댓 자 수건이 성묘 갈 때 입을 때때옷을 만들고, 시집살이 설움을 씻어주며, 또 꿈과 꿈을 말소하는 쓰레받기도 되고 — 이렇게 실없는 내 환희입니다.

담뱃가게 곁방 안에 황혼을 미리 가져다 놓았습니다. 침침한 몇 '가론(Gallon)'의 공기 속에 생생한 침엽수가 울창합니다. 황혼에만 사는 이민 같은 이국 초목에는 순백의 갸름한 열매가 무수히 열렸습니다. 고치 — 귀화한 '마리아'들이 최신 지혜의 과일을 단려(端麗, 단정하고 아름다운)한 맵시로 따고 있습니다. 그 아들의 불행한 최후를 슬퍼하며 '크리스마스트리'를 헐어 들어가는 '피에다(Pieta, 예수의 시체를 안고 슬퍼하는 마리아상) 화폭 전도입니다.

학교 마당에는 '코스모스'가 피어 있고 생도들은 글을 배우고 있습니다. 그들은 열심히 간단한 산술을 놓아 그들의 정직과 순박함을 지혜와 교활로 환산하고 있습니다. 탄식할 이식산(利息算, 이자 계산)이 아니고 무엇이겠습니까?

족보를 찢어 버린 것과 같은 흰 나비 두어 마리가 분필 냄새 나는 화단 위에서 번복(飜覆, 고치거나 바꾸는 일)이 무상합니다. 또 연식 '테니

스’ 공의 마개 뽑는 소리가 음향의 흔적이 되어서는 등고선의 각 점 모양으로 남아 있는 것 같습니다. 이 마당에서 오늘 밤에 금융조합 선전 활동사진회가 열립니다. 활동사진? 세기의 총아 — 온갖 예술 위에 군림하는 ‘넘버’ 제8 예술의 승리. 그 고답적이고도 탕아적인 매력을 무엇에다 비하겠습니까? 그러나 이곳 주민들은 활동사진에 대해서 한낱 동화적인 꿈을 갖고 있습니다. 그림이 움직일 수 있는 이것은 홍모(紅毛, 붉은 머리) 오랑캐의 요술을 배워 온 것입니다. 참으로 부러운 재주입니다.

활동사진을 보고 난 다음에 맛보는 담백한 허무 — 장주(莊周, 장자)의 호접몽이 이랬을 것입니다. 나의 동글납작한 머리가 그대로 ‘카메라’가 되어 피곤한 ‘더블렌즈(Double lens)’로 나마 몇 번이나 이 옥수수가 무르익어가는 초추(初秋, 초가을)의 정경을 촬영하고 영사하였던가? — ‘플래시백(Flashback, 영화에서 과거를 회상하는 장면)’으로 흐르는 엷은 애수 — 도시에 남아 있는 몇몇 고독한 ‘팬’에게 보내는 단장(斷腸, 애를 끊는)의 ‘스틸(Still, 영화 장면을 사진기로 찍어 확대 인화한 사진)’입니다.

6

밤이 되었습니다. 초열흘 가까운 달이 초저녁이 조금 지나면 나옵니다. 마당에 멍석을 펴고 전설 같은 시민이 모여듭니다. 축음기 앞에서 고개를 갸웃거리는 북극 ‘펭귄’들과 무엇이 다르겠습니까. 짧고 기다란 삶을 적어 내려갈 편전지(便箋紙, 편지지) — ‘스크린’이 박모(薄暮, 땅거미) 속에서 '바이오그래피(Biography, 전기)'의 예비표정입니다. 내가 있는 건너편 객줏집에 든 도시풍 여인도 왔나 봅니다. 사투리의 합창이 마당 안에서 들립니다.

자, 이제 시작되었습니다.

부산 잔교(棧橋, 부두에서 선박에 걸쳐놓아 화물을 싣고 부리거나 선객이 오르내리게 된 다리)가 나타납니다. 평양 모란봉도 보이네요. 압록강 철교도 보입니다. 하지만 박수갈채를 받은 명감독의 얼굴이 보이지 않습니다.

십분 휴식시간에 조합 이사의 통역이 있었습니다. 달은 구름 속에 있습니다. 금연─이라는 느낌입니다. 통역하는 이사 얼굴에 전등의 '스포트라이트(Spotlight)'도 비쳤습니다. 산천초목이 모두 경동할 일입니다. 전등 ─ 이곳 촌민들은 ○○ 행 자동차 '헤드라이트' 외에 전등을 본 일이 결코 없습니다. 그 눈부시게 밝은 광선속에서 창백한 이사는 강단(降壇, 단상에서 내려옴)하였습니다. 우매한 백성들은 이사의 통역에 단 한 사람도 박수를 치지 않았습니다. ─ 물론 나 역시 그 우매한 백성 중 하나일 수밖에 없었습니다만─

밤 열한 시가 지나자, 영화감상은 '해피엔드'로 끝이 났습니다. 조합원과 영사기사는 단 하나밖에 없는 음식점에서 위로회를 열었습니다. 나는 객사로 돌아와서 죽어가는 등잔 심지를 돋우고 독서를 시작했습니다. 이웃 방에 묻고 있는 노신사께서 내 게으름과 우울을 훈계하는 뜻으로 빌려주신 것으로, 고우다 로한(辛田露伴) 박사가 지은 《人의 道》라는 진서(珍書, 귀중한 책)입니다.

멀리서 개소리가 끊임없이 들려옵니다. 그윽한 '하이칼라' 방향(芳香, 꽃다운 향기, 좋은 냄새)을 못 잊는 사람들이 아직 헤어지지 않았나 봅니다. 구름이 걷히고 달이 나왔습니다. 벌레 소리가 마치 무도회의 창문이라도 열어놓은 것처럼 요란스럽기 그지없습니다.

알지도 못하는 낯선 이를 사모하는 도회인적인 향수가 있습니다. 신간 잡지의 표지처럼 신선한 여인들 — '넥타이'와 동갑인 신사들, 그리고 창백한 여러 친구 — 나를 기다리지 않는 고향 — 도시에 내 나체의 말을 번역해서 보내주고 싶습니다. 잠 — 성경을 채자(採字, 좋은 글을 가려 뽑음) 하다가 엎질러 버린 인쇄 직공이 아무렇게나 주워 담은 지리멸렬한 활자의 꿈. 나도 갈가리 찢어진 사도가 되어서 세 번 아니라 열 번이라도 긁은 가족을 모른다고 하렵니다.

근심이 나를 제외한 세상보다도 훨씬 큽니다. 갑문(閘門, 수문)을 열면 폐허가 된 이 육신으로 근심의 조수가 스며들어 올 것입니다. 그러나 나는 나의 '메소이스트' 병마개를 아직 뽑지 않으렵니다. 근심은 나를 싸고 돌며, 그러는 동안 이 육신은 풍마우세(風磨雨洗, 바람에 닦이고 비에 씻겨나감)로 저절로 다 말라 없어지고 말 것이기 때문입니다.

밤의 슬픈 공기를 원고지 위에 깔고 얼굴 창백한 친구에게 편지를 씁니다. 그 속에 내 부고(訃告, 죽음을 알림)도 동봉하였습니다.

부성애(父性愛)

사치와 일락(逸樂, 편안히 놀기를 즐김)의 거리, 사치스럽고 화려한 돈의 잔치가 밤낮으로 벌어진다. 상 가득 산해진미가 차려졌건만 오히려 젓가락 옮길 곳이 없다. 그런 곳에 비하면, 지금 내가 앉아 있는 이곳은 너무도 질박하다. 실리적이라고나 할까. 출입문 유리창에 붙어 있는 '설렁탕' 석 자가 이 집의 존재의 의의를 말해주고 있을 뿐이다.

커다란 무쇠 가마에서는 소 다리를 삶는 김이 무럭무럭 피어오른다. 구수한 냄새가 코를 자극한다. 그렇다면 뚝배기 가득 따뜻한 국밥으로 뱃가죽의 주름을 펴면 그만 아닌가.

나는 우선 모자와 윗옷이 없어도 출입을 허락하는 이 집의 관용에 감사한다. 흙 묻은 마룻바닥, 질 소래기(진흙으로 만든 밑이 납작하고 깊이가 약간 있는 그릇), 채반(싸릿개비나 버들가지로 울이 없이 넓적하게 엮어 만든 그릇), 검은 살빛, 땀 냄새와 파리……

체(가루를 곱게 치거나 액체를 받거나 거르는 데 쓰는 기구) 장수 부부가 지고 들고 있던 물건을 문 앞에 내려놓고 들어왔다. 분명 그들의 자녀일 두 어린 것이 뒤따라 들어와 내 앞에 자리를 정한 후 한편에 두 명씩 마주 앉는다.

"설렁탕, 한 그릇만 주세요."

남편 되는 사람이 종업원을 향해 공손하게 말했다.

잠시 후 종업원은 설렁탕 한 그릇과 김치를 그들 앞에 내려놓았다.

"미안하지만, 숟가락 두 개만 더 주세요."

이번에도 남편 되는 사람이 종업원을 향해 공손하게 말했다.

종업원은 여전히 이렇다저렇다 말없이 숟가락 두 개를 가져다가 설렁탕 그릇에 넣어준다. 그러자 아내 되는 여자와 두 아이가 숟가락을 들었고, 여자는 소금과 파를 이용해 간을 맞추었다. 그러고는 남자를 향해 숟가락을 내밀며 말했다.

"자—잡숴보세요."

"난 됐소. 속이 좋지 않아서 못 먹겠으니, 당신과 애들이나 먹으시오."

"그러지 말고 좀 잡숴 보세요. 뭘 드셨다고 속이 안 좋다고 그래요?"

"허 참, 먹은 것이 없어도 속이 안 좋다니까 그러는구려. 난 담배나 피울 테니, 어서 먹어요. 아이들이 배고파하잖소."

결국, 아내는 두 어린 것과 함께 설렁탕을 먹기 시작했다. 하지만 두 어린 것이 밥을 뜰 때마다 숟가락 위에 김치를 놓아주고, 고기를 골라 똑같이 나눠주느라 바빴다. 그러다 보니 밥 먹을 틈이 없었다. 한 수저 떴다고 해도 그 안에는 약간의 국물만 있을 뿐이었다. 그동안 남편은 몇 개의 담배꽁초를 부숴 곰방대에 채워 넣은 후 한 모금 빨며 세 사람을 쳐다본다. 하얀 담배 연기가 그의 얼굴을 스치며 거미줄 낀 천장을 향해 피어올랐다.

#13
실직기

_계용묵

아침 여덟시를 알리는 시계 소리를 그대로 이불 속에서 무시하고, 한껏 단잠에 취해도 출근에 대한 초조가 없어 좋다. 정성을 다해 마음껏 일에 힘을 들여도 그 성의가 무시되는 데, 불쾌함이 없어 좋고, 사사(私事, 개인적인 일)에 일을 쉬게 되는 주위의 사안(斜眼, 곁눈질하면서 흘겨보는 눈)에 미안함을 느낄 필요가 없어 좋다. 자식들 학비에 쪼들려도 실직을 빙자로 없다는 대답이 헐하게(수월하게) 나와 좋고, 원고 아니 모이는 걱정, 책이 늦어질 걱정, 기사 쓸 걱정, 검열 걱정 다안 해도 좋다.

이즘, 나는 산마(山馬, 산악 말)와 같이 마음이 자유를 행사한다. 밤이 깊은 줄도 모르게 독서와 사색에 마음껏 잠겼다가 늦어진 잠이 이튿날 정오를 넘어도 거리낄 데 없고, 진종일을 거리를 싸다녀도, 내 자유를 구속하는 건 오직 '고·스톱'밖에 없다. 한밤 동안 우리 안에 갇히었던 병아리가 오력(伍力, 수행에 필요한 다섯 가지 힘으로 신력·염력·정진력·정력·혜력을 말함)을 펴느라고 마음껏 날개를 펴고, 마당이 좁다 춤을 추며 돌아가듯이, 나도 거리가 좁다 활개를 펴고 돌아간다. 이것이 나의 굶주렸던 생에의 욕구이었던가 싶다.

자유의 아름다움—그것이 한껏 아름다울 때 내 생은 빛나는 것이 아닐까? 비로소 생존에의 영역을 벗어나 생활의 문을 두드리는 도중에 선 것 같은 감이 조금도 아쉬움 없이 실직에의 위무(慰撫, 위로하고 어루만져서 달램)를 준다. 더욱이 밤과 자유—나는 이 밤의 자유에 얼마나 주렸던 것이고. 만뢰(萬籟, 자연계에서 나오는 온갖 소리)가 잠든 고요한 밤. 혼자만이 앉아서 주위의 의식 없는 숨소리를 들으며, 마음껏 정신을 가라앉히고, 책상에 기대어 좌우에 쌓아 놓은 애서(愛書)의 탐독에 자신을 잊는 여유와 자신을 찾는 사색에 이튿날의 늦잠에도 근심을 잊을 수 있는 자유. 그것은 더할 수 없는 나의 행복을 말하는 시간이다.

읽고 싶은 책에 손이 멎을 여유를 갖지 못하는 것처럼, 자신을 찾는 마음에 시간의 초조가 방해하는 것처럼 고민스러운 것은 없다. 나는 이제 여기에 자유를 가졌다.

서적의 유혹에 가난한 지갑—귀(지갑 테두리)를 긁히고, 창작에의 유혹에 아찔하도록 사색이 붙들어도 오히려 싫지 않다. 내 마음은 제멋대로 살쪄 볼 욕망에 불붙고 있기 때문이다.

작가의 침묵이란 결국 고민의 표백인 것이다. 그 어떤 비약을 꿈꾸고 자진하여 사색 속에 깊이 침묵을 지키게 된다 해도 그것이 창조 충동의 제어인 점에선 역시 마찬가지 고민일 것이거늘, 하물며 주위의 사정이 그것을 허락하지 않음에랴.

작가가 직업을 갖지 않으면 안 되는 때처럼 비극은 없을 것이다. 지난날의 나와 직업은 참으로 우울함과 고민 그 자체였다. 그래도 다른 것과는 달리 비교적 창작과는 인연이 가까웠다고 볼 수 있는 붓 놀음이 직업이었건만, 창조적인 참을 수 없는 그 무슨 충동에서의 그러한 붓은 아니었다. 그날이 그날 같은 기계적으로서의 역할에 아니 충실할 수 없는 직업적 책임이 정력에의 소비, 붓끝에의 권태를 아쉬움 없이 가져다주어 여극(餘隙, 남은 자리)에의 이용에도 실로 창작에의 붓은 들리지 않았다.

이제 직업과 같이 눌리었던 창작에의 만만한 야심—그것은 마치 눌러도 눌러도 기어코 땅속을 뚫고 나와 마침내 아름다운 꽃을 피워내고야마는 한 떨기 봄풀과 같이 누르려야 누를 수 없는 형세로 해직(解職, 직책이나 직위에서 물러남)조차 기회를 만난 듯이 머리를 들고 일어선다.

나는 이제 이것을 어느 정도까지 살려가며 만족할 것인가, 녹슨 붓끝, 사색에의 둔감, 표현에의 치졸은 끝없는 수련을 요구해 마지않건만 철없이 서두는 참을 수 없는 충동, 두려운 붓대를, 부끄러운 붓대를 나는 다시 들어야 하나 보다.

신문사를 그만둬서 한가할 테니, 창작을 달라는 잡지 편집자들이 주는 자극! 그대는 나더러 무엇을 쓰기를 요구하는 것인고? 그리고 나는 또 무엇을 쓰지 않으면 안 되는 것인고? 창작과 제재의 빈곤, 나는 무엇을 써야 하나? 여기에 창조적 고민이 다시금 새롭다.

14

화초1

_이효석

꽃가게에서 꽃을 사 들고 거리를 걸으면 길 가던 사람들이 누구나 다 그 꽃묶음을 부럽게 바라본다. 나는 사람들의 그 눈치를 아는 까닭에 꽃을 살 때는 반드시 넓은 종이에 묶음을 몽땅 깊게 싸도록 주인에게 몇 번이고 거듭 청한다. 그러나 요새는 종이가 귀해서 길거리의 꽃장수는 물론이요, 큼직한 꽃가게에서도 전에는 파라핀지나 그렇지 않으면 특비(特備, 별도로 내야 하는 돈)의 포장지에다 싸주던 것을 신문지를 쓰게 되었고, 그것조차도 넓은 것을 아껴서 좁은 토막종이로 대신하게 되었다. 또 아무리 잘 싸달라고 졸라도 대부분 꽃송이가 밖으로 내드리우게 밖에는 되지 않는다.

그러니, 자연 사람들의 시선을 받게 된다. 전차를 타도, 보도를 걸어도, 사람들은 염치없이 꽃묶음에 눈을 보낸다. 심지어 아이들은 그 한 가지를 원하기까지 한다. 꽃을 사람에게 보임이 조금도 성가시거나 꺼릴 일은 아니지만 번거로운 시선을 한 몸에 받게 됨이 결코 유쾌한 일은 못 된다. 고집스러운 눈을 받을 때는 귀찮은 생각조차 든다. 그러나 이는 퍽 반가운 일이다. 사람들은 꽃을 사랑하는 것이다. 보기 좋아하고 갖기를 원하는 것이다. 그것이 누구의 것이든 그 아름다움에 무의식중에 눈을 끌리게 되고 염치없이 바라보게 되는 것이다. 아름다운 까닭이다.

꽃을 좋은 줄 모르고 짓밟아 버리고 먹어 버림은 돼지뿐이다. 돼지는 꽃을 사랑할 줄 모른다. 돼지만이 꽃을 사랑할 줄 모른다.

세상의 뭇 예술가여, 안심하라. 사람은 누구나 꽃을 사랑할 줄 알고, 아름다운 것을 분별할 줄 아는 것이다. 이 천성은 변할 날이 없을 것을 단언해도 좋다. 돼지에게까지 꽃을 알리려고 하지 않아도 좋은 것이며, 그 노력이 실패했다고 슬퍼할 것도 없는 것이다.

하룻밤,《대조(大朝, 1946년 1월부터 1948년 12월까지 발행된 월간지)》의 D씨가 꽃묶음을 들고 찾아왔다. 처음 방문이라 선물로 가져온 것이다. 해바라기, 간드렝이, 야국, 야란(野蘭) 등을 길게 꺾은 매우 큰 묶음이었다. 신문인이라 신문지쯤 아낄 것 없다는 듯 그것은 사면 전폭에 싸여 있었고, 종이가 좁다는 듯 꽃은 화려한 반신을 지폭(紙幅) 밖으로 드러내고 있었다. 그것을 심을 화병은 세상에 없을 법했다.

회령자기(會寧磁器)인 조그만 물빛 항아리를 내다가 꽂으니, 그 화용(華容, 화려한 자태)이 거의 창 반 면을 차지하였다.

"뜰에 핀 것을 꺾어 왔답니다."

나는 그 말에 깜짝 놀랐다. 그의 집 뜰이 얼마나 넓은지는 모르지만, 그도 도회인이라 가게에서 오히려 사들여야 할 처지에, 뜰 어느 구석에서 그 많은 꽃을 아끼지 않고 꺾어 왔단 말인가. 그 흐붓한 가지가지의 꽃을 꺾을 때 조금도 아까운 생각이 없었단 말인가.

"원, 저렇게나 많이 꺾어 내다니."

"워낙 흔하게 피어 있으니까요."

그때 방에는 조그만 화병에 코스모스와 시차초 한 묶음이 꽂혀 있었다. 물론 거리에서 사 온 것이었다. 우리 집에도 코스모스, 시차초 뿐만 아니라 프록스, 샐비어, 금잔화, 백일홍, 봉선화 등이 피어 있다. 그러나 나는 그 한 송이도 꺾기를 아껴 한다. 병에 꽂는 것은 대부분 밖에서 사 온다. 아이들이 꽃 한 송이를 다쳤다고 얼마나 호되게 꾸짖고 책망하는지 모른다.

D씨가 꽃을 사랑하지 않을 리는 만무한 것이요, 사랑하니까 선물로도 가져온 것임을 안다. 그러나 흔하게 피어만 있으면 그렇게 듬뿍 꺾을 수 있는 것일까. 어쩐지 나는 그의 그 대도(大度, 도량이 넓음)의 아량이 부러워 견딜 수 없다. 한꺼번에 그렇게 듬뿍 꺾고도 전혀 아까워하지 않는다니!

내게 만약 수백 평의 뜰이 있어 그 속에 백화(百花, 온갖 꽃)가 지천으로 피어 있다고 치더라도 나는 동무에게 선사할 때 그 값어치를 거리에서 사 가면 사갔지 뜰의 것을 꺾어낼 성싶지는 않다.

나는 욕심쟁이인 것일까, 인색한 것일까.

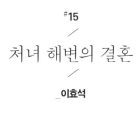

#15
처녀 해변의 결혼

_이효석

인천이나 송도원, 주을(朱乙, 함경북도 경성 남쪽에 있는 읍. 온천으로 유명함) 산협(山峽, 산속 골짜기)에도 이야기는 많다. 하지만 누군가는 반드시 그곳 이야기를 쓸 것 같기에 비교적 알려지지 않은, 그러나 내게 는 친숙하기 그지없는 독진해변(獨津海邊, 함경북도 독진에 있는 해변. 한반도 최북단의 동해 바다가 한 눈에 펼쳐지는 곳으로 유명함) 이야기 를 쓰는 것이 적당하리라.

독진해변은 내게 있어 단순한 피서지가 아니다. 봄, 가을은 물론 겨울 에도 마음만 먹으면 쉽게 찾아갈 수 있을 만큼 정이 든 곳이기 때문이다. ─사실 바다에 대한 나의 모든 감정과 생각은 이곳에서 태어나고 자라났 다고 해도 과언은 아니다.

내게 있어 독진해변은 번잡하고 화려하지는 않지만 맑고 조촐한 그래 서 더 값진 순결한 처녀지와도 같은 곳이다.

장개 고개 너머 아늑한 모래밭에는 제철이면 해수욕을 즐기려는 사람들이 물개 떼처럼 지천으로 몰려와 와글와글 들끓는다. 그러나 고개 반대쪽은 다르다. 맑은 모래가 5리에 걸쳐 있는 그곳은 해 질 무렵이면 자디잔 새우 무리가 뛰어 올라올 뿐, 사람의 발자취라곤 찾아볼 수 없다.

내가 즐겨 찾는 곳은 물론 그곳이다. 손수 만든 밤샌드위치(학교 농장에는 밤이 흔했다)와 식지 않는 물통에 넣은 뜨거운 커피는 날마다 먹어도 결코 싫증이 나지 않았다. 그것만 있으면 해변의 하루는 언제나 즐거웠다. 더욱이 그곳에는 입맛을 돋우는 해초가 가득했다. 또 포구에서 들려오는 뱃소리가 심장의 장단을 맞춰주고, 기선(증기기관의 동력으로 움직이는 배)의 기적이 꿈을 빚어준다. 그 때문에 타고르(인도의 유명한 시인)처럼 종이배를 만들어 그 속에 이름을 적은 후 어디론가 띄워 보내고 싶은 생각도 들곤 했다.

중요한 것은 그곳에서는 다른 해수욕장처럼 귀찮게 수영복을 입을 필요가 없다는 것이다. 실오라기 하나 걸치지 않고 유유자적하게 백사장을 거닐 수 있을 뿐만 아니라 즐겁게 수영을 즐기면서 무료하지 않게 시간을 보낼 수 있다.

나는 원시적 자태로 처녀 해변에서 매일 태양과 바다와 더불어 결혼식을 올렸다. ─ 태양은 빈틈없이 전신을 쪼여주고, 바다 또한 전신을 속속들이 안아주었다. 그런 까닭에 태양도, 바다도 나의 육체의 비밀을 샅샅이 알고 있다. 그렇다고 해서 부끄러울 건 전혀 없다. 태양과 결혼할 때면 온순한 신부요, 바다와 결혼할 때면 멋진 신랑이 되기 때문이다. 하지만

이는 당치도 않은 말일지도 모른다. 바다와 결혼할 때도 나는 역시 한 사람의 연약한 신부에 지나지 않기 때문이다. 그런데도 나는 날마다 결혼하는 재미로 그 처녀 해변을 무한히 사랑하였다.

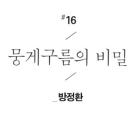

뭉게구름의 비밀

_방정환

더운 날 오후의 구름 보는 재미.

아침에 없던 구름이 오후만 되면 어디서 몰려오는지 모여든다. 회색빛 음산한 구름도 아니고, 그렇다고 싸늘한 비늘구름이 조각조각 흩어져 있는 것도 아니다. 하얀 솜을 펴놓은 것보다도 더 하얗고, 더 부드럽고, 둥글고, 깊고, 그윽한 뭉게구름이 하얀 노인처럼 하늘 높이 떠 있다.

"여름 구름은 봉우리가 많다."던 옛말 그대로, 하얗고 부드러운 구름은 산봉우리보다도 더 첩첩하다. 그러나 그냥 첩첩하기만 한 것은 아니다. 알 수 없는 비밀을 가지고 한없는 변화를 부리는 것이 바로 여름 뭉게구름이다.

불볕이 내리쬐는 넓은 마당, 그 한쪽 끝에 서 있는 높은 버드나무 머리 위로 멀리 보이는 한 뭉치의 뭉게구름. 첩첩이 일어난 그 봉우리 속으로 휘몰아 들어가 보면, 거기에는 반드시 옛날이야기를 듣던 신선들의 잔치가 벌어져 있을 듯싶다. 이에 부채 든 손을 쉬고, 무심히 앉아서 가만히 쳐다보고 있으면, 하얀 봉우리 위에서 선녀들이 춤추는 모습이 눈에 보일 것만 같다.

하지만 한참 동안 그것을 보고 있노라면, 어느 틈엔가 구름의 형상이 변해버린다. 높다랗게 우뚝 솟은 봉우리가 어느 틈에 슬그머니 옆으로 길게 퍼져서 옆에 있던 구름과 아무 말 없이 합쳐져 버리는 것이다. 그러면 구름 한쪽에서 옅은 보랏빛으로 보드라운 그늘이 만들어진다.

간간이 부는 바람에 나무 끝이 한들한들 조용하게 흔들린다. 그러나 그 뒤로 보이는 뭉게구름은 미동조차 없다. 언제까지나 그 자리에 머물러 있을 것만 같다. 하지만 가만히 보고 있으면 구름도 움직이고 있음을 알 수 있다. 더할 수 없이, 천천히 움직이지 않는 것처럼 가만히 움직이고 있을 뿐이다. 그렇게 느리게 움직이면서도 다른 구름과 합쳐져서 새로운 봉우리를 만든다.

그런가 하면, 어느 틈에 보드랍던 보랏빛 검은 그늘로 변해서 햇볕을 가리면서 주먹 같은 물방울을 내리쏟는다. 마치 모래를 내리쏟는 듯한 형세로 바람이 나게 내리쏟는다.

"으아악!"

"소낙비다!"

양복쟁이가 소리를 치면서 맥고모자(밀짚이나 보릿짚을 이용해서 만든 여름 모자)를 벗어든 채 뛴다. 미인이 뛴다. 학생이 뛴다. 경찰이 도검을 붙잡고 뛴다.

어느새 길가의 처마 밑마다 길 가던 사람이 쭉 늘어서 있다. 그 길로 자동차가 위세 좋게 달린다.

낮잠 자던 부인이 깜짝 놀라 황망히 장독 뚜껑을 덮고 빨래를 걷는다. 하지만 어느새 비는 그치고, 다시 햇빛이 반짝거린다.

"참, 잘도 속이네."

부인이 한숨을 길게 내쉬며 다시 빨래를 넌다. 처마 밑에 늘어섰던 사람들 역시 다시 헤어져 제 갈 길을 간다.

햇볕에 까맣게 타던 기와지붕과 산이 세수하고 난 것처럼 깨끗하고 산뜻해졌다. 햇볕 역시 한층 더 선명하게 비친다.

빙수보다도 더 달고 시원한 한여름의 한 줄기 양미(凉味, 서늘하거나 시원한 맛)! 이것도 잊지 못할 뭉게구름의 비밀 중 하나다.

소나기가 지나가면 저녁때가 가깝다. 소나기 장난에 시치미 떼는 뭉게구름이 옆으로 길어져서 무슨 회의나 잔치에 참여한 것처럼 약속이나 한 듯 한쪽으로만 몰려간다. 그러면 여름 하루가 무사히 저물고, 서늘한 저녁 기운이 돌기 시작한다.

불볕밖에 아무것도 없는 듯싶은 더운 날, 뭉게구름의 변화를 바라보는 것은 분명 여름의 좋은 감흥(感興, 마음속 깊이 감동해서 일어나는 흥취) 중 하나다.

Part 3 꽃이 진 자리마다 열매가 익어가네

낙엽 타는 냄새같이 좋은 것이 있을까.

갓 볶아낸 커피 냄새가 난다. 잘 익은 개암 냄새가 난다.

갈퀴를 손에 들고는 어느 때까지든지 연기 속에

우뚝 서서 타서 흩어지는 낙엽의 산더미를 바라보며

향기로운 냄새를 맡고 있노라면

별안간 맹렬한 생활의 의욕을 느끼게 된다.

- 이효석, 〈낙엽을 태우면서〉 중에서

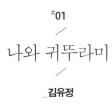

나와 귀뚜라미

_ 김유정

폐결핵에는 삼복더위가 끝없이 얄궂다. 산의 녹음도 좋고, 시원한 해변이 그립지 않은 것도 아니다. 착박(窄迫, 답답할 정도로 매우 좁음)한 방구석에서 빈대에 뜯기고, 땀을 쏟고, 이렇게 하는 피서는 그리 은혜로운 생활이 못 된다.

야심(夜深, 밤이 깊음)하여 홀로 일어나 한창 쿨룩거릴 때면 안집은 물론 벽 하나를 사이에 둔 옆집에서 끙하고 돌아눕는 인기척을 가끔 들을 수 있다. 이 몸이기에, 이 지경이라면, 차라리 하고 때로는 딱한 생각도 해 본다. 그러나 살고 싶지도 않지만 또한 죽고 싶지도 않은 것이 나의 오늘이다. 그래, 무조건 하고 철이 바뀌기만, 가을이 되기만을 기다린다.

가을이 오면 밝은 낮보다 캄캄한 명상의 밤이 귀엽다. 귀뚜라미 노래를 들을 때 창밖의 낙엽은 은은히 지고, 그 밤은 나에게 극히 엄숙한 그리고 극히 고적한 순간을 가져온다. 신묘한 이 음률을 나는 잘 안다. 낯익은 처녀와 같이 들을 수 있다면 이것이 분명 행복임을 잘 알고 있다. 그러나 분수에 넘는 허영이려니, 이번 가을에는 귀뚜라미가 부르는 노래나 홀로 근청(謹請, 삼가 청함)하며, 나는 건강한 밤을 맞아보리다.

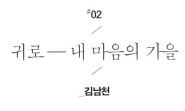

귀로 — 내 마음의 가을

_김남천

이즈음, 밤 열한 시 반이면 거리의 산책자들도 이미 이불 속에서 단꿈을 꿀 시각이오, 극장 구경을 왔던 이들도 벌써 자기 집을 찾아서 계동으로, 성북동으로, 현저동으로 흩어졌을 시각이다. 야시(夜市, 야시장)의 빛나는 포장 안도 철폐하여 싸구려를 부르는 장사꾼의 외침이 비명같이 줄고 있는 시각이다.

종로에는 요릿집을 향해 달리는 술 취한 자동차가 거침없이 30마일의 속력을 낸다. 백화점은 문을 잠그고 가로세로 켜지고 꺼지던 전식(電飾, 전구나 방전관으로 물체의 윤곽을 나타나게 함. 또는 그런 물건)도 정열 잃은 가로수와 함께 밤늦게 집을 찾는 두세 쌍의 행인을 물끄러미 바라보고 있다.

전차 — 안국동에서 나와, 나는 동대문 가는 전차를 잡아탄다. 대부분이 취한 사람들이다. 나는 자리에 앉을 생각도 안 하고 손잡이를 쥐고 늘어진 채 약주 냄새로 혼탁해진 전차 안을 물끄러미 바라보고 있다. 머리는 뇌 속에 연기를 잡아넣은 것처럼 몽롱하다. 아무것도 맹막(盲膜, 시각)을 자극하지 않고 청각을 건드리지 않는다. 어릿어릿한 추한 환영(幻影)이 눈앞을 어물거리고, 궤도를 질주하는 차륜(車輪, 차바퀴)의 음향이 무겁게 귀 밖을 스치지만, 전혀 강한 자극을 일으키지는 못한다.

종로 4가에서 전차를 내려 창경원 가는 차를 기다리노라고 안전지대 위에 올라섰다. 그리고 나처럼 차를 기다리고 있던 두세 사람에 섞여 왔다 갔다 할 때 비로소 길을 스치고 달려오는 바람에서 가을을 느끼고, 다시 순사의 덜거덕거리는 칼 소리에서 잃었던 정신을 찾아 눈앞에 붉은 등불을 바라본다.

경찰서 ― 전깃불이 흐리멍덩하게 켜져 있는 곳에 전화통을 붙든 정복(正服, 의식 때 입는 정복 복장) 하나가 졸고 있기라도 한 듯 까딱도 하지 않는다. 백양목 그늘에 직할힐소(直轄詰所, 직접 관리하는 구역) 그 속에 역시 정복 한 사람 ―

명동에서 전차가 온다. 이것을 타고 자리에 앉아 지금 막 보고 온 경찰서를 떠올린다. 벌써 3개월 이상 내가 출입하고 있는 경찰서다. 지금 전화를 쥐고 졸고 있는 순사는 보안계의 누구누구. 그렇게 싫은 경찰서에서도 지금은 제법 농을 걸게 되었다. 칼 소리가 주는 흥분과 이상한 말씨가 주는 불쾌함 등의 모든 것이 사라지고, 지금은 '오하요―', '사요나라'가 제법 유창하게 입에서 흐른다.

― 이런 것을 생각하노라니, 전차가 종점에 닿는다. 차에서 내려서 다

시 돌아가는 전차의 삑—소리를 등 뒤에 들으며, 아카시아 우거진 아스팔트를 거닐 때 갑자기 몸에 추위를 느끼고, 홀로 가는 내 발걸음 소리에서 나 자신을 찾아보고자 한다.

숲속에서 찬 기운이 코를 스쳐서 폐에 흘러들어 온다. 풀벌레의 소리가 쏴—뼈를 에듯이 심장을 잡아 뜯는다. 적막—길의 모퉁이를 돌면서 나는 멍—하니 비추어지는 언덕길의 앞을 바라보고 비로소 지금 신문사에서 조간을 준비하고 돌아오는 중임을 고요한 길 위, 풀벌레 울음소리 속에서 발견하는 것이다. 그리고 내가 지금 가는 곳이 하숙방—아무도 없는, 자물쇠를 채운 채 희미한 전등만이 나를 기다리고 있을 한 간 방이라는 것을 생각한다.

땀내 나는 낡은 세탁꾸러미, 흩어진 책, 종잇조각, 사발시계, 칫솔, 비누, 맥없이 걸려 있는 때 묻은 여름 양복 그리고 유일한 장식인 죽은 아내의 사진 액자—나는 이때 나 자신의 생활을 생각해 본다. 그리고 언제부터 자전거와 버스의 충돌에 흥미를 갖게 되고, 언제부터 나의 신경은 절도(竊盜, 남의 물건을 몰래 훔침. 또는 그런 사람)의 명부(名簿, 어떤 일에 관련된 사람의 이름, 주소, 직업 따위를 적어 놓은 장부)를 노려보기에 여념이 없고, 언제부터 나의 붓은 음독한 젊은 여자를 저열한 묘사로 갈겨쓰는 것에 취미를 갖기 시작하였던고? 또 언제부터 수상한 청년의 검거가 울렁거리는 흥분과 마음의 아픔이 아닌 과장된 글로써 사단(四段, 신문의 사단 기사)을 만드는 정열로 바뀌었던가?

이렇듯 몇 달 전에 비해 확연히 달라진 나를, 이 길, 이 밤, 이 벌레 소리

속에서 찾으며 외로운 그림자를 교외로 옮기고 있다. 이것이 생활이란 것이었다. 그리고 수많은 사람이 이렇게 살아가고 있었다.

나는 하숙집 문을 열고 방 안으로 들어서며 너저분한 신문지를 발로 밀고 이불을 막쓴 채 숨 막힐 듯한 적막을 가슴속으로 깨물고 있다.

밤은 고요하다. 내 숨소리만이 유난히 높고, 벌레 소리는 아직도 길옆에서 밤을 새워 울고 있다. 귀를 막고, 눈을 감아도 자꾸만 들리는 귀뚜라미 소리, 자꾸만 보이는 길 위에 선 내 몸의 외로운 그림자.

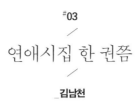

연애시집 한 권쯤

_김남천

이런 말을 해서 혹여 모욕을 살지도 모르지만, 나는 소설을 쓰기 시작한 이래 지금까지 시를 쓰고 싶다든가, 시인이 되고 싶다든가, 그런 생각을 품은 적이 단 한 번도 없다. "만일 시를 쓴다면?" 이라는 질문을 받고 나서야 비로소 '내가 시를 쓴다면 뭘 쓸 것인가?' 하고 내 마음을 뒤적여 보았을 뿐이다. 창졸간(倉卒間, 미처 어찌할 수 없이 매우 급작스러운 사이)에 이렇게 머리를 뜯는 판이니, 편집자가 말하는 희망이나 포부 같은 것이 있을 턱이 없다. 그러니 내가 소설가임을 얼마나 만족해하고 있으며, 또 매일 소설을 쓰면서 사는 것에 얼마나 많은 즐거움을 발견하고 있는지 비로소 알 수 있었다.

나는 몇 해 동안 오직 소설을 잘 쓸 생각만 했다. 시 같은 건 생각도 해보지 않았다. 간혹 시(詩) 정신이 밑받침되지 않은 산문 정신은 있을 수 없다든가, 시미(詩味) 없는 소설은 진정한 산문이 아니라는 등의 이야기를 듣긴 했다. 하지만 그런 되지도 않은 수작은 깊이 음미하지도 않았을 뿐만 아니라 듣자마자 경멸해버렸다. 산문 정신의 장래를 시 정신의 도입이나 그것과의 합작에서 찾으려는 자는 소설을 쓸데없이 애수나 서정미, 문장 취미에 예속시키려 드는 낙오자에 불과하기 때문이다.

산문 정신에 방(倣, 본받음)하는 것 외에 소설 문학이 현대를 살아갈 길은 없다. 시를 무시하고, 시 정신을 초개처럼 버릴 수 있는데, 산문 정신의 위대함이 있다. 시가 고고하다든지, 시인은 대중에게 읽히기를 즐기지 않는다든지, 시의 위의(威儀, 예법에 맞는 몸가짐)에 대해 수작질하는 시인일수록 명예욕이 더욱 심하고, 주육지간(酒肉之間)에 도당(徒黨, 불순한 무리)을 더 만들려고 하며, 발표욕 역시 더 왕성함을 나는 수없이 지켜보았다.

나는 불행히 아직 서명(署名)하지 않은 시를 읽어본 기억이 없다. 대신 게재 순이나 지면의 체재(體裁, 형식) 같은 것을 중얼거리는 많은 고고한 시인의 불평을 구경하였다. 이러한 모든 감정까지도 함께 휩쓸어 사회와 생활 전체를 먹어 삼키고도 눈 하나 꿈쩍하지 않은 산문의 무서운 정신 앞에 나의 온몸을 바치는 것이 나의 최후의 바람이다.

결론적으로, 청춘의 기념으로 연애시집이나 한 권쯤 갖고 싶다고 대답할밖에 시에 대해선 아무런 생각도 갖고 있지 않다.

별똥 떨어진 데

_윤동주

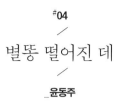

밤이다.

하늘은 푸르다 못해 농회색(짙은 회색)으로 캄캄하나, 별들만은 또렷 또렷 빛난다. 침침한 어둠뿐만 아니라 오싹오싹 춥다. 이 육중한 기류 가 운데 자조(自嘲, 자기를 비웃음)하는 한 젊은이가 있다. 그를 '나'라고 불 러두자.

나는 이 어둠에서 배태(胚胎)되고, 이 어둠에서 생장(生長)하여서, 아 직도 이 어둠 속에 그대로 생존하나 보다. 내가 갈 곳이 어딘지 몰라 허우 적거리는 것이다. 하기야, 나는 세기의 초점인 듯 초췌하다. 얼핏 생각하 면 내 바닥을 반듯이 받들어주는 것도 없고, 그렇다고 내 머리를 갑자기 내리누르는 아무것도 없는 듯하다. 하지만 내막(內幕, 속사정)은 그렇지 도 않다. 나는 도무지 자유스럽지 못하다. 다만, 나는 없는 듯 있는 하루살 이처럼 허공에 부유(浮遊)하는 한 점에 지나지 않는다. 이것이 하루살이처럼 경쾌하다면 마침 다행(多幸)할 것인데 그렇지를 못하구나!

이 점의 대칭 위치에 또 다른 밝음의 초점이 도사리고 있는 듯 생각된다. 덥석 움키었으면 잡힐 듯도 하다. 마는(그러나) 그것을 휘어잡기에는 나 자신이 둔질(鈍質, 둔한 성질이나 기질)이라는 것보다 오히려 내 마음에 아무런 준비도 배포(排布, 머리를 써서 일을 조리 있게 계획함. 또는 그런 속마음)치 못한 것이 아니냐. 그러고 보니 행복이란 별스런 손님을 불러들이기에도 또 다른 한 가닥 구실을 치르지 않으면 안 될까 보다.

이 밤에 나에게 있어 어릴 적처럼 한낱 공포의 장막인 것은 벌써 흘러간 전설이오. 따라서 이 밤이 향락의 도가니라는 이야기도 나의 염원에선 아직 소화시키지 못할 돌덩이다. 오로지 밤은 나의 도전의 호적이면 그만이다. 이것이 생생한 관념세계에만 머무른다면 애석한 일이다. 어둠 속에 깜박깜박 졸며 다닥다닥 나란히 한 초가들이 아름다운 시의 화사(華詞, 화려한 말)가 될 수 있다는 것은 벌써 지나간 제너레이션(Generation, 세대)의 이야기요, 오늘에 있어서는 다만 말 못하는 비극의 배경이다.

이제 닭이 홰를 치면서 맵짠(맵고 짠) 울음을 뽑아 밤을 쫓고 어둠을 내몰아 동쪽으로 훤히 새벽이란 새로운 손님을 불러온다고 하자. 그러나 경망스럽게 그리 반가워할 것은 없다. 보아라, 가령, 새벽이 왔다 하더라도 이 마을은 그대로 암담하고, 나도 그대로 암담하여서, 너나 나나 이 가장 지 길에서 주저주저 아니하지 못할 존재들이 아니냐.

나무가 있다. 그는 나의 오랜 이웃이요, 벗이다. 그렇다고 그와 내가 성격이나, 환경이나, 생활이 공통한 데가 있는 것은 아니다. 말하자면 극단과 극단 사이에도 애정이 관통할 수 있다는 기적적인 교분의 표본에 지나지 못할 것이다.

나는 처음 그를 퍽 불행한 존재로 가소롭게 여겼다. 그의 앞에 설 때 슬퍼지고 측은한 마음이 앞을 가리곤 하였다. 마는 돌이켜 생각건대, 나무처럼 행복한 생물은 다시없을 듯하다. 굳음에는 이루 비길 데 없는 바위에도 그리 탐탁지는 못할망정 자양분이 있다 하거늘, 어디로 간들 생의 뿌리를 박지 못하며, 어디로 간들 생활의 불평이 있을쏘냐. 칙칙하면 솔솔 솔바람이 불어오고, 심심하면 새가 와서 노래를 부르다 가고, 촐촐하면 한줄기 비가 오고, 밤이면 수많은 별들과 오순도순 이야기할 수 있고 —보다 나무는 행동의 방향이란 거추장스러운 과제에 봉착하지 않고, 인위적으로든, 우연으로든 탄생시켜준 자리를 지켜 무진무궁한 영양소를 흡취하고, 영롱한 햇빛을 받아들여 손쉽게 생활을 영위하고, 오로지 하늘만 바라고 뻗어질 수 있는 것이 무엇보다 행복하지 않으냐.

이 밤도 과제를 풀지 못하여 안타까운 나의 마음에 나무의 마음이 점점 옮아오는 듯하고, 행동할 수 있는 자랑을 자랑치 못함에 뼈저리는 듯하나, 나의 젊은 선배의 웅변 왈, 선배도 믿지 못할 것이라니, 그러면 영리한 나무에게 나의 방향을 물어야 할 것인가.

어디로 가야 하느냐. 동이 어디냐, 서가 어디냐, 남이 어디냐, 북이 어디냐. 아차! 저 별이 번쩍 흐른다. 별똥 떨어진 데가 내가 갈 곳인가 보다. 하면 별똥아! 꼭 떨어져야 할 곳에 떨어져야 한다.

[#]05

달을 쏘다

_윤동주

번거롭던 사위(四圍, 주위)가 잠잠해지고, 시계 소리가 또렷한 걸 보니, 밤은 적이(약간, 얼마간) 깊을 대로 깊은 모양이다. 보던 책자(冊子)를 책상머리에 밀어 놓고 잠자리를 수습한 다음 잠옷을 걸치는 것이다. '딱' 스위치 소리와 함께 전등을 끄고 창 녘의 침대에 드러누우니 이때까지 밝은 휘―양찬 달밤이었던 것을 감각지 못하였댔다. 이것도 밝은 전등의 혜택이었을까.

나의 누추한 방이 달빛에 잠겨 아름다운 그림이 된다는 것보다도 오히려 슬픈 선창(船艙, 부두)이 되는 것이다. 창살이 이마로부터 콧마루, 입술, 이렇게 하야 가슴에 여민 손등에까지 어른거려 나의 마음을 간질이는 것이다. 옆에 누운 분의 숨소리에 방은 무시무시해진다. 아이처럼 황황해지는(허둥거리며 정신이 없어지는) 가슴에 눈을 치떠서 밖을 내다보니, 가을 하늘은 역시 맑고, 우거진 송림은 한 폭의 묵화(墨畵)다. 달빛은 솔가지에 쏟아져 바람인 양 쐐—소리가 날 듯하다. 들리는 것은 시계 소리와 숨소리와 귀또리(귀뚜라미) 울음뿐. 벅적고던(북적대던) 기숙사도 절간보다 더 한층 고요한 것이 아니냐?

나는 깊은 사념(思念)에 잠기기 한창이다. 딴은 사랑스러운 아가씨를 사유(私有)할 수 있는 아름다운 상화(想華, '수필'을 뜻하는 것으로 추정)도 좋고, 어릴 적 미련을 두고 온 고향에의 향수도 좋거니와 그보다는 손쉽게 표현 못 할 심각한 그 무엇이 있다.

바다를 건너온 H군의 편지 사연을 곰곰이 생각할수록 사람과 사람 사이의 감정이란 미묘한 것이다. 감상적인 그에게도 필연코 가을은 왔나 보다.

하지만 편지는 너무나 지나치지 않았던가. 그중 한 토막,

"군(君)아! 나는 지금 울며, 울며 이 글을 쓴다. 이 밤도 달이 뜨고, 바람이 불고, 인간인 까닭에 가을이란 흙냄새도 안다. 정(情)의 눈물, 따뜻한 예술학도였던 정의 눈물도 이 밤이 마지막이다."

또 마지막 부분에 이런 구절이 있다.

"당신은 나를 영원히 쫓아버리는 것이 정직할 것이오."

나는 이 글의 뉘앙스를 해석할 수 있다. 그러나 사실 나는 그에게 아픈 소리 한마디 한 일이 없고, 서러운 글 한쪽 보낸 일이 없다. 생각건대, 이 죄는 다만 가을에 지워 보낼 수밖에 없다.

홍안서생(紅顔書生, 학문을 닦는 젊은이)으로 이런 단안(斷案, 옳고 그름을 판단함)을 내리는 것은 외람한(하는 행동이나 생각이 분수에 넘

침) 일이나 동무란 한낮 괴로운 존재요, 우정이란 진정 위태로운 잔에 떠놓은 물이다. 이 말을 반대할 자 누구랴. 그러나 지기(知己, 자기를 알아주는 친구) 하나 얻기 힘들다 하거늘, 알뜰한 동무 하나 잃어버린다는 것은 살을 베어내는 아픔이다.

나는 나를 정원(庭園)에서 발견하고, 창을 넘어 나왔다던가, 방문을 열고 나왔다던가, 왜 나왔느냐는 어리석은 생각에 두뇌를 괴롭게 할 필요는 없는 것이다. 다만, 귀뜨람이(귀뚜라미) 울음에도 수줍어지는 코스모스 앞에 그윽이 서서 닥터 필링스의 동상(銅像) 그림자처럼 슬퍼지면 그만이다. 나는 이 마음을 아무에게나 전가시킬 심보는 없다. 옷깃은 민감해서 달빛에도 싸늘히 추워지고, 가을 이슬이란 선득선득해서 서러운 사나이의 눈물인 것이다. 발걸음은 몸뚱이를 옮겨 연못 가에 세워줄 때 연못속에도 역시 가을이 있고, 삼경(三更, 밤 11시에서 새벽 1시)이 있고, 나무가 있고, 달이 있다. (달이 있고……)

그 찰나(刹那, 극히 짧은 시간) 가을이 원망스럽고, 달이 미워진다. 더듬어 돌을 찾아 달을 향해 죽어라고 팔매질을 하였다. 통쾌! 달은 산산이 부서지고 말았다. 그러나 놀란 물결이 잦아들 때 오래잖아 달은 다시 살아난 것이 아니냐. 문득 하늘을 쳐다보니 얄미운 달은 머리 위에서 빈정대는 것을—

나는 꼿꼿한 나뭇가지를 골라 띠를 째서 줄을 메워 훌륭한 활을 만들었다. 그리고 좀 탄탄한 갈대로 화살을 삼아 무사의 마음을 먹고, 달을 쏘다.

#06
낙엽

_노천명

간밤에 불던 바람이 마당 한구석에 낙엽을 한 무더기 몰아다 놓았다. 나는 세수도 잊고 팔짱을 낀 채 한참 쌓인 잎들을 바라다본다. 오동잎에, 버들잎에, 가랑잎에, 갖가지 잎들이 섞여 있다. 의지하고 달려 있던 제 어버이 나무에서 떨어져 거센 바람이 모는 대로 저항 없이 굴러다니다가 우리 집 뜰까지 왔겠거니 하고 생각하니, 어쩐지 마음이 회심(會心, 과거의 생활을 뉘우쳐서 고침)해진다. 바람이 또 불면 다시 어디로 굴러가야 할 것이 아닌가.

그러고 보면 이런 낙엽 지는 꼴이 보기 싫어서인지, 나는 사철 중에 가을을 제일 싫어하나 보다. 포도(鋪道, 포장도로)를 걷다가도 가로수를 흔드는 바람이 선들거리기 시작하는 것을 보면 소름이 끼친다.

봄은 밉고, 가을은 싫다. 더도 덜도 말고 흔닢 나물이 바야흐로 퍼지려 하고, 두릅 순이 연연하게 돋아나고, 채소밭엔 지난가을에 심었던 마늘이

댕기 같은 잎사귀를 탐스럽게 쭉쭉 뻗는 첫여름이 제일 좋고, 눈 내리는 겨울도 좋은데, 가을은 웬일인지 좋은 줄 모르겠다.

내 사랑하는 조카 용자가 간 것도 다 늦은 가을이었다. 남쪽이라 뜰에 석류가 빠알가니 열린 한낮, 수녀님의 인도함을 따라 용자는 성모 마리아를 부르며 조용히 떠나갔다.

골롬바(용자의 세례명인 듯함)는 천당에 갔다고 우리는 위로를 받는다. 양지바른 곳에다 묻어 주고, 나는 산을 돌아다니면서 댕댕이덩굴(새모래덩굴과의 여러해살이 덩굴풀)을 걷고 들국화를 몇 송이 꺾어다가 꽃방석을 틀어 무덤 위에 얹어 주고, 무거운 걸음을 걸어 진실로 허무를 느끼며, 이제부터는 세상 모든 것에 결코 애착을 붙이지 않으리라고 저물어 가는 산과 들에 맹세하면서 돌아왔다.

스물두 살이나 먹어서 이처럼 가슴을 뜯으며 보낼 줄은 몰랐다. 추야장(秋夜長) 긴긴밤을 나는 그리운 조카의 생전 모습을 따라 헤맸다. 하지만 가슴을 파고드는 비애에 나는 아무것도 할 수가 없었다. 자다가 일어나서도 용자를 부르면서 울었다. 누런 스웨터를 입은 경기여고 시절의 모습을 따라, 또 이화여전 제복을 입은 모습을 따라, 다시 출가 후의 긴 치마 입은 모습을 따라서 나는 미칠 것처럼 헤매었다.

어머니를 떠나, 사랑하는 동생을 떠나, 외로운 아주머니를 떠나, 용자야, 너는 지금쯤 어디로 훨훨 가고 있느냐? 그 큰 허우대를 하고 낙엽처럼 어디로 혼자 떠나고 있느냐? 한밤중에 이는 바람 소리도 나는 이젠 무심히 들리지 않는다. 이상한 소리를 품은 바람 소리를 들을 때면 베개에서

귀를 소스라뜨리며(깜짝 놀라 몸을 갑자기 솟구치듯 움직임) 행여 사람
의 죽은 혼이 밤이면 저렇게 돌아다니는 게 아닐까 하고 어리석은 생각을
해보기도 한다.

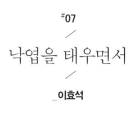

[#]07

낙엽을 태우면서

_이효석

가을이 깊어지면 나는 거의 매일 같이 뜰의 낙엽을 긁어모으지 않으면 안 된다. 날마다 하는 일이건만, 낙엽은 어느덧 날고 떨어져서 또다시 쌓이는 것이다. 낙엽이란 참으로 이 세상 사람의 수효보다도 많은가 보다. 삼십여 평에 차지 못하는 뜰이건만, 날마다 시중이 조런치 않다. 벚나무, 능금나무······.

제일 귀찮은 것이 벽의 담쟁이다. 담쟁이란 여름 한 철 벽을 온통 둘러싸고 지붕과 연돌(煙突, 굴뚝)의 붉은 빛만 남기고 집 안을 통째로 초록의 세상으로 변해줄 때가 아름다운 것이지, 잎을 다 떨어뜨리고 앙상하게 드러난 벽에 메마른 줄기를 그물같이 둘러칠 때쯤에는 벌써 다시 지릅떠볼 값조차 없는 것이다. 귀찮은 것이 그 낙엽이다. 가령, 벚나무 잎같이 신선하게 단풍이 드는 것도 아니요, 처음부터 칙칙한 색으로 물들어 재치 없는 그 넓은 잎이 지름길 위에 떨어져 비라도 맞고 나면 지저분하게 흙 속에 묻히는 까닭에 아무래도 날아 떨어지는 족족 그 뒷시중을 해야 한다.

벚나무 아래에 긁어모은 낙엽의 산더미를 모으고 불을 붙이면 속의 것부터 푸슥푸슥 타기 시작해서 가는 연기가 피어오르고, 바람이 없는 날이면 그 연기가 낮게 드리워서 어느덧 뜰 안에 가득히 담겨진다.

낙엽 타는 냄새같이 좋은 것이 있을까. 갓 볶아낸 커피 냄새가 난다. 잘 익은 개암 냄새가 난다. 갈퀴를 손에 들고는 어느 때까지든지 연기 속에 우뚝 서서 타서 흩어지는 낙엽의 산더미를 바라보며 향기로운 냄새를 맡고 있노라면 별안간 맹렬한 생활의 의욕을 느끼게 된다. 연기는 몸에 배서 어느 결에 옷자락과 손등에서도 냄새가 나게 된다.

나는 그 냄새를 한없이 사랑하면서 즐거운 생활감에 잠겨서는 새삼스럽게 생활의 제목을 진귀한 것으로 머릿속에 떠올린다. 음영(陰影)과 윤택(潤澤)과 색채(色彩)가 빈곤해지고 초록이 자취를 감추어 버린 꿈을 잃은 헌칠한 뜰 복판에 서서 꿈의 껍질인 낙엽을 태우면서 오로지 생활의 상념에 잠기는 것이다. 가난한 벌거숭이 뜰은 벌써 꿈을 매이기에는 적당하지 않은 탓일까. 화려한 초록의 기억은 참으로 멀리 까마득하게 사라져 버렸다. 벌써 추억에 잠기고 감상에 젖어서는 안 된다.

가을이다. 가을은 생활의 시절이다. 나는 화단의 뒷바라지를 깊게 파고 다 타버린 낙엽의 재를—죽어버린 꿈의 시체를—땅속 깊이 파묻고 엄연한 생활의 자세로 돌아서지 않으면 안 된다. 이야기 속의 소년같이 용감해지지 않으면 안 된다. 전에 없이 손수 목욕물을 긷고 혼자 불을 지

피게 되는 것도 물론 이런 감격에서부터이다. 호스로 목욕통에 물을 대는 것도 즐겁거니와 고생스럽게 눈물을 흘리면서 조그만 아궁이로 나무를 태우는 것도 기쁘다. 어두컴컴한 부엌에 웅크리고 앉아서 새빨갛게 피어오르는 불꽃을 어린아이의 감동을 가지고 바라본다. 어둠을 배경으로 하고 새빨갛게 타오르는 불은 그 무슨 신성하고 신령스러운 물건 같다.

얼굴을 붉게 데우면서 긴장된 자세로 웅크리고 있는 내 꼴은 흡사 그 귀중한 선물을 프로메테우스에게서 막 받았을 때의 그 태곳적 원시의 그것과 같을지도 모른다. 새삼스럽게 마음속으로 불의 덕을 찬미하면서 신화 속 영웅에게 감사의 마음을 비친다. 좀 있으면 목욕실에서 자욱하게 김이 오른다. 안개 깊은 바다의 복판에 잠겼다는 듯이 동화(童話)의 감정으로 마음을 장식하면서, 목욕물 속에 전신을 깊숙이 담글 때 바로 천국에 있는 듯한 느낌이 난다. 지상 천국은 별다른 곳이 아니다. 늘 들어가는 집안의 목욕실이 바로 그것인 것이다. 사람은 물에서 나서 결국 물속에서 천국을 구경하는 것이 아닐까.

물과 불과—이 두 가지 속에 생활은 요약된다. 시절의 의욕이 가장 강렬하게 나타나는 것은 두 가지에 있어서다. 어느 시절이나 다 같은 것이기는 하나, 가을부터의 절기가 가장 생활적인 까닭은 무엇보다도 이 두 가지의 원소의 즐거운 인상 위에 서기 때문이다. 난로는 새빨갛게 타야 하고, 화로의 숯불은 이글이글 되어야 하고, 주전자의 물은 펄펄 끓어야 한다.

백화점 아래층에서 커피 낱(원두)을 찧어서 그대로 가방 속에 넣어 가지고 전차 속에서 진한 향기를 맡으면서 집으로 돌아온다. 그러는 내 모양을 어린애답다고 생각하면서도 그 생각을 또 즐기면서 이것이 생활이라고 느끼는 것이다.

싸늘한 넓은 방에서 차를 마시면서 그때까지 생각하는 것이 생활의 생각이다. 벌써 쓸모 없어진 침대에는 더운 물통을 여러 개 넣을 궁리를 하고 방구석에는 올겨울에도 또 크리스마스트리를 세우고, 색전구도 장식할 것을 생각하고, 눈이 오면 스키를 시작해 볼까 하고 계획도 해 보곤 한다. 이런 공연한 생각을 할 때만은 근심과 걱정도 어디론지 사라져 버린다. 책과 씨름하고 원고지 앞에서 궁싯거리던 그 같은 서재에서 개운한 마음으로 이런 생각에 잠기는 것은 참으로 유쾌한 일이다.

책상 앞에 붙은 채 별일 없으면서도 쉴 새 없이 궁싯거리고 생각하고 괴로워하고 하면서, 생활의 일이라면 촌음(시간)을 아끼고, 가령 뜰을 정리하는 것도 소비적이니 비생산적이니 하고 경시하던 것이 도리어 그런 생활적 사사(些事, 사소한 일)에 창조적인 뜻을 발견하게 된 것은 대체 무슨 까닭일까. 시절의 탓일까. 깊어가는 가을, 이 벌거숭이의 뜰이 한층 산 보람을 느끼게 하는 탓일까.

08

사랑의 판도

_이효석

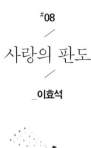

사랑의 판도는 대체 얼마나 넓어야 하는지 마치 독재자가 세계지도를 잠식해 들어가면서 몰릴 줄 모르듯이 사람 역시 애욕의 포화(飽和, 더 이상의 양을 수용할 수 없이 가득 참)를 모르고 마는 것이 아닐까.

수평 뜰 안의 단란(團欒, 즐겁고 화목함)을 알뜰히 지키지만 세상일에 대해서는 무지한 사내가 있다. 나는 그 사내를 존경하고 부러워한다. 그들 부부 사이에 참으로 짙은 사랑이 흐를 때 그 좁은 영토의 권내(圈內, 구역)처럼 행복스러운 곳이 또 어디 있으랴. 그러나 세상에는 참다운 사랑이라고 할 만한 경우가 드문 것이 사실이요, 사람들 역시 사랑 아닌 것을 사랑이라고 착각하는 경우가 많다.

사람이 평생에 꼭 한 사람만을 사랑해야 하는 것이 옳은지 어쩐지는 각각 나라와 경전, 습속에 따라 다를 것이외다. 하지만 육체적으로나 정신적으로 사람처럼 커다란 자유를 갈망하는 것도 없다. 그러니 양팔에 사랑을 안고 다시 한눈을 팔게 된다고 해도 막을 수 없는 노릇이다. 태곳적에 갈라진 각 개체의 분신들은 현대에 이르러 그 수가 무한히 늘어난 까닭에 혼돈 속에서 착각에 빠지고 만 것이다. 이는 단원체(單元體)를 이원(二元)으로 갈라놓은 제우스의 실수였다.

지난날 사랑의 행장을 차례차례 더듬어 볼 때, 나는 참회의 의식 없이는 그것을 도저히 생각할 수가 없다. 첫째, 나 자신에 대한 참회요, 둘째, 먼저 가버린 아내에게 대한 참회다. 유독 아내에게만은 허물이 컸음을 얼마나 뉘우치면 다 뉘우칠 수 있을까. 아내를 사랑하지 않았던 것은 아니다. 그러나 아내가 나를 사랑했던 것의 10분지 1도 갚아주지 못했음이 부끄럽다.

아내는 왜 그리도 나를 끔찍하게 여겼을까. 오매지간(悟寐之間, 깨어 있을 때나 자고 있을 때, 즉 언제나)에 한시라도 내 건강을 걱정해주고, 나를 기쁘게 해주려고 노력하지 않은 시간이 없었다. 무슨 술기에라도 걸린 것처럼 일률적이고, 헌신적이었으며, 희생적이었다. 나는 그 행복을 때로는 도리어 휘답답하게 여기면서 그의 놀라운 심조(心操, 마음의 지조)를 속으로 두렵게 여기고 공경했다. 그러면서도 한편으로는 마음의 주락(酒落, 세련됨)한 자유를 구해 마지않았다. 욕심 많고 믿음직하지 못한 남편이었던 것이다. 하늘에 부끄럽고, 땅에 부끄럽다.

사랑에 관한 한 나는 두꺼운 참회록을 써야 할 것이다. 그러나 그것을 할 수 있을지 없을지는 의문이다. 한 구절도 빼지 않고 진실을 말하기가 어렵기 때문이다. 또한 누구나 할 수 있을 만큼 그리 쉬운 것도 아니다. 루

소에게도 그것은 어려웠다고 하니까.

　나는 그것을 모두 사랑이라고는 생각하지 않는다. 사랑인 경우도 있었고, 사랑이 아닌 경우도 있었다. 예를 들면, 돈황의 경우는 사랑이 아니라 방랑이었다. 단테와 베아트리체, 로미오와 줄리엣 — 그런 경우만이 참으로 사랑이다. 그렇다. 다섯 손가락을 꼽아도 남는 경우 — 그것 모두가 반드시 사랑은 아니다. 그렇기 때문에 뉘우침이 있는 것이리라.

　아내는 생전에 가끔 내게 이렇게 묻곤 했다.

　"당신이 생각하는 이상(理想, 생각할 수 있는 범위 안에서 가장 완전하다고 여겨지는 것)적인 여자란 대체 어떤 여자예요?"

　하지만 나는 아내에게서 내 이상의 대부분 구현(具現, 어떤 내용이 구체적인 사실로 나타나게 함)을 보고 있었다. 육체적으로나, 지적으로나 아내에게 필적할 만한 여자는 그리 쉽게 눈에 띄지 않았기 때문이다. 이것은 나의 마음의 자랑거리 중 하나였다. 그러나 사랑에 부질없이 이상만을 찾는 것도 여학교 졸업생의 설문 답안 같아서 신선미 없는 노릇이다. 나는 아내에게서 충분히 내 이상을 가지면서도 그에게 말하지 못한 가지가지의 비밀을 가지고 있었다. 그 비밀을 결국 모른 채 아내는 갔다. 생각할수록 뼈가 아프다.

　"착한 사람은 일찍 가는 법이에요."

　마지막 무렵, 아내는 모든 것을 예상했던지 병실 침대에서 여러 차례 이 말을 되풀이했다. 참으로 착했던 까닭에, 너무도 단순했던 까닭에 일찍 갔는지도 모른다. 반대로 악한 까닭에 나는 남은 것이다. — 이렇게 생각하는 것이 지금 내게는 가장 마음 편한 노릇이다. 그러나 이만한 정도의 참회로야 아내의 영(靈)을 도저히 위로할 수는 없다. 언제면 충분한 고백의 날이 올지, 그날을 기다리는 수밖에는 없는 걸일까.

09

생활인의 철학

_ 김진섭

철학을 철학자의 전유물인 것처럼 생각하고 있는 사람들이 많다. 그렇게 생각하는 것도 결코 무리한 일은 아니니, 왜냐하면 그만큼 철학은 오늘날 그 본래의 사명 ─ 사람에게 인생의 의의와 인생의 지식을 교시하려는 의도를 거의 방기(내버려둠)했고, 철학자는 속세와 절연하고, 관외(管外)에 은둔하여 고일(高逸, 빼어남)한 고독경에서 오로지 자기의 담론에만 경청하고 있기 때문이다. 이처럼 철학과 철학자가 생활의 지각을 온전히 상실했다는 것은 참으로 슬픈 일이다. 그러므로 생활 속에서 부단히 인생의 예지를 추구하는 현대 중국의 '양식의 철학자' 임어당(林語堂)이 일찍이 "내가 임마누엘 칸트를 읽지 않는 이유는 간단하다. 석장 이상 더 읽을 수 있는 적이 없기 때문이다." 라고 말했는데, 이 말은 논리적 사고가 과도의 발달을 성수(成遂, 어떤 일을 이루어냄)하고, 전문적 어법이 극도로 분화한 필연의 결과다. 이에 철학은 정치·경제보다도 훨씬 더 후면으로 퇴거(退去, 물러감)되고 말았다.

임어당은 철학의 측면을 통과하고 있는 현대 문명의 기묘한 현상을 지적했다. 실상, 어느 정도 배운 사람들도 철학이 있으나 없으나 별로 상관이 없는 삶을 살고 있음을 부정하기 어렵다. 그러나 나는 여기서 소위 사변적·논리적·학문적 철학자의 철학을 비난, 공격하는 것이 목적은 아니다. 나는 오직 이러한 체계적인 철학에 대하여 인생의 지식이 되는 철학을 유지하여 주는 현철한 일군의 철학자가 있었음을 알고 있으며, 그러한 의미에서 철학자만이 철학을 가지고 있는 것이 아니요, 어느 정도 인간적 통찰력과 사물에 대한 판단력을 가지고 있는 이상, 모든 생활인은 그 특유의 인생관과 세계관, 즉 통속적 의미에서의 철학을 가질 수 있음을 말하고자 함에 불과하다.

철학자에게 철학이 필요한 것과 같이 일반인에게도 철학은 필요하다. 왜냐하면, 한 가지 물건을 사는 데 그 사람의 취미가 나타나는 것처럼 친구를 선택하는 데 있어서도 그 사람의 세계관, 즉 철학이 개재(介在, 끼어듦)되어야 할 것이요, 자기의 직업을 결정하는 경우에도 그 근본적 계기가 되는 것은 물론 그 사람의 인생관이 아니어서는 아니 되기 때문이다. 가령, 결혼이라는 것을 생각할 때, 한 남자로서 혹은 한 여자로서 상대자를 물색함에 제(際, 어떠한 때나 날을 당하거나 맞이함)하여 실로 철학은 우리가 상상할 수 있는 것보다 훨씬 많이 지배적이고도 결정적인 역할을 하게 됨을 알 수 있을 것이요, 우리가 어떠한 방식으로 생활을 설계하느냐 하는 것도, 결국은 넓은 의미에서 우리가 부지중에 채택한 철학에 의 거해 실행하게 되는 것이다. 우리가 생활권 내에서 추하게 되는 모든 행동의 근저에는 미학적 내지 윤리적 가치 의식이 횡재하여 있는 것이니, 생활인의 모든 행동에는 반드시 어떤 종류의 의미와 목적에 대한 관념을 내포하고 있다. 모든 사람은 소위 이상이라는 것을 가지고 있고, 그러한 이상이 각자의 행동과 운명의 척도가 되고 목표가 되는 것은 물론, 이상이란 요컨대 그 사람의 철학적 관점을 말하는 것이며, 그 사람의 일반적 세계관과 인생관에서 온 규범의 한 파생체를 말하는 것이다.

"내 마음이 선택의 주인공이 된 이래 그것이 그대를 천 명 속에서 추려 내었다."고 햄릿은 그의 친구 호레이쇼에게 말하였다. 확실히 친구의 선택은 임의로운 의지적 행동이라고는 하나, 그것은 인생 철학에 기초를 두는 한 이상의 지배를 받지 않을 수 없다. 햄릿은 그에 대하여 가치가 있는 인격체이며, '천지간 만물'에 대한 이해력을 가지고 있으며, 그리하여 이 인생 생활을 천재적이지만 극히 불운한 정말(丁抹)의 공자보다도 그 근본에 있어서 보다 잘 통어(統御, 거느려서 제어함)할 줄 아는 까닭으로, 호레이쇼를 친구로 택한 것이다.

비단, 그뿐만이 아니요, 모든 종류의 심의활동은 가치관의 지도를 받아 가며 부단히, 그리고 결정적으로 그 운명을 형성하여 가는 것이니, 적어도 동물적 생활의 우매성을 초극(超克)한 모든 사람은 좋든 궂든 하나의 철학을 갖는 것이다. 사람은 대개 이 인생에 대하여 무엇을 요구해야 할지를 알며, 그 염원이 어느 정도 당위와 일치하며, 혹은 배치될지 아는 것이니, 이는 실로 사람이 인간 생활의 의의에 대하여 사유하는 능력을 갖고 있기에 가능한 것이다. 그러므로 두말할 것 없이 생활 철학은 우주 철학의 일부분으로서, 통상적인 생활인과 전문적인 철학자와의 세계관 사이에는, 말하자면 소크라테스와 트라지엔의 목양자 사이에 볼 수 있는 것과 같은 현저한 구별과 거리가 있다. 그러나 많은 문제에 대하여 그 특유의 견해를 갖는 점에서는 동일한 철학자라고 할 수 있다.

나는 흔히 철학자에게서 생활에 대한 예지의 부족을 인식하고 크게 놀라는 반면, 농산어촌 주민 또는 일개 부녀자에게서 철학적 달관을 발견해 깊이 머리를 숙이는 일이 불소(不少, 적지 않음)함을 알고 있다. 생활인으로서의 내게는 필부필부(匹夫匹婦, 평범한 남녀)의 생활 체험에서 우러난 소박, 진실한 안식이 이름 높은 철학자의 난해한 칠봉인(七封印, 볼 수 없도록 일곱 번이나 봉인을 찍음)의 서(書)보다는 훨씬 맛이 있다는 것을 고백하지 않을 수 없다. 원래 현실적 정세를 파악하고 투시하는 예민한 감각과 명확한 사고력은 혹종(或種, 어떤 종류)의 여자에 있어서 보다 더 발견되어 있으므로, 나는 현실을 말하고 생활을 하소연하는 부녀자의 아름다운 음성을 경청하여, 그 가운데서 또한 많은 생활 철학을 발견하는 열락(悅樂, 기뻐하고 즐거워함)은 결코 적은 것이 아니다.

하나의 좋은 경구는 한 권의 담론서보다 낫다. 그리하여 언제나 인생의 지식인 철학의 진의를 전승하는 현철(賢哲, 어질고 사리에 밝은 사람)이 존재한다는 것은 고마운 일이다. 그래서 이러한 무명의 현철은 사실상 많은 생활인의 머릿속에 숨어 있는 것이다. 생활의 예지 — 이것이 곧 생활인의 귀중한 철학이다.

10

고독

_계용묵

　작가 생활에 있어 여행이 지극히 필요한 줄은 알면서도 나는 그것에 그토록 취미를 느끼지 못한다. 그래서 특별한 일이 없는 한 지금까지 여행을 위한 여행을 단 한 번도 해본 일이 없다.

　문득, 고독이 깊이 스며들 때는 여행이라도 해보면 괜찮을 듯싶지만, 차마 그것을 실행하여 고독을 아주 잊고 싶지는 않다. 고독이란 그 무슨 진리를 담은 껍데기처럼 생각되면서도, 나를 버리지 않고 따르는 그것이 반갑게 여겨지기 때문이다. 그것은 애써 고독을 피함으로써 마음의 위안을 삼기보다는 그것과 싸워 이김으로써, 그래서 그 껍데기를 깨뜨림으로써, 그 속에 담긴 참된 진리를 알뜰히 꺼내 보고 싶은 마음이 여행에의 취미보다 훨씬 더 크기 때문이다. 그 때문에 고독이 심할수록 조용한 곳을 찾기보다는 더 깊은 고독에 빠지곤 한다.

　그러나 그 고독이란 껍데기 속에 들어 있을 듯한 진리는 가만히 눈을 감고 숙친(熟親, 오래 사귀어 친분이 아주 가까운)하기에 여간 벅찬 것이 아니다. 오히려 숨이 막힐 듯 답답해서 벌떡 몸을 일으켜 방 안으로 걸음을 돌린다. 그러고는 눈을 감은 채 뒷짐을 지고 하염없이 흥글흥글(몸을 앞뒤 또는 좌우로 흔들어 가며 한가하게 천천히 걸음) 몇 바퀴고 수없이 돌아본다. 그래도 마음이 시원치 않으면 밖으로 나가 뜰 안을 돈다. 방 안보다 훨씬 더 마음의 여유를 느낄 수 있을 뿐만 아니라 신선한 공기가 한결 더 마음을 시원하게 해주기 때문이다. 이에 밤이 깊은 줄도 모른 채 몇 시간이고 줄곧 뜰을 돌 때도 있다.

하지만 중안(中眼, 눈빛이나 크기, 생김새 따위가 보통인 눈)의 시선에 이런 행동이 드러날 우려가 있는 낮에는 산상(山上)을 찾곤 한다. 생각에 잠겨 자기를 잊은 채 고요히 눈을 감고 평평한 잔디를 걷는 맛이란, 담배 연기 자욱한 기차 안에서 오력을 펴지 못하고 무릎을 맞비벼야 되는 번거로운 여행에 비할 바가 아니다. 그러다 보니 이것이 곧 취미가 되었고, 자주 반복하게 되었다.

한번은 다른 사람 흉을 잘 보는 이웃집 노파로부터 "혹시 그 사람 미치지 않았느냐?"는 소리를 듣기도 했다. 그런데도 그 버릇은 쉽게 고쳐지지 않았다. 그 때문에 요즘도 뭔가를 깊이 생각할 때면 장소 불문하고 벌떡 일어서서 왔다 갔다 하는 무례를 범하곤 한다. 이 버릇을 구태여 책망하고 싶은 마음은 없다. 도리어 주위를 피해 마음 놓고 거닐 곳이 없는 서울에 살게 된 것이 서글플 뿐이다.

문밖을 나서면 곧 거리다. 그러다 보니 제아무리 눈을 부릅뜨고, 좌우를 살피며 걸어도, 곧 수많은 자동차와 인파로 인해 거리가 붐비기 일쑤이기 때문에 도저히 생각을 집중할 수가 없다. 허락되는 곳이라곤, 오직 제가 기거하는 방 안뿐이다. 하지만 그 방이란 곳 역시 내 방이자, 아내의 방이요, 아이들의 방이기도 하다. 그러니 조용할 리도 없거니와 살림살이가 너저분히 널려 있어 생각에 집중할 수도 없다. 또한 워낙 좁은 까닭에 짧은 걸음 역시 허락하지 않는다. 그러다 보니 실내 여행에조차 굶주리게 되는 고독의 껍데기는 비켜 볼 길 없이 아주 제대로 굳어져 버리는 게 아닌가 싶다.

#11

한걸음 비켜서면

_**박용철**

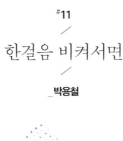

친한 친구 중에 정거장으로 곧잘 산책을 나가는 이가 두엇 있습니다. 나도 그 축에 끼입니다. 정거장이라면 바쁜 곳이 아닙니까. 우리가 차를 타러 가거나 전별(餞別, 보내는 쪽에서 예를 차려 작별함을 이르는 말)을 나갈 때 남보다 좋은 자리를 잡으려면 실로 분주히 굴어야만 하는 곳이지요. 그러나 우리가 한 걸음만 비켜서서 이 쉼 없이 유동(流動)하는 액체 같은, 액체 가운데 유영하는 것 같은, 군중 같은 사람은 되지 말고, 봉천행(奉天行)이나 부산행(釜山行)의 자리를 잡으려는 노력에서 비켜선다면, 우리는 거기서 산중에서도 맛보기 어려운 한가로움을 즐길 수 있습니다.

희망에 빛나는 얼굴, 절망에 암담한 얼굴, 볼 일 때문에 바쁜 얼굴, 주름 잡힌 늙은이의 얼굴, 명랑한 젊은 얼굴, 우리나라 사람과 외국 사람, 완연히 인생의 조그만 축도를 벌려놓은 듯, 우리는 우리의 한가함을 가지고 다시 이것을 (실례 같지만) 어장 속의 금붕어를 완상(玩賞, 즐겨 구경함)하듯 즐길 수 있습니다. 이것은 다만, 마음으로 한 걸음 비켜서는 데서 오는 공덕인 듯합니다.

산에 오르는 데도 높은 산에 오를 것 없습니다. 아침이나 안개가 어렴풋할 때 서대문 밖 금화산에만 올라보십시오. 우리가 그 안으로 드나들고, 우리가 그 안에서 오르내리면서 보던 큰집이, 우리의 사랑과 미움의 대상인 뭇사람들이, 구물거리는 집이, 실로 초개(草芥, 쓸모없고 하찮은 것을 비유적으로 이르는 말)처럼 보이고, 사람이라는 생물은 완전히 자취마저 감춰버릴 것입니다. 이렇게 마음이 커지고 넓어지는 것이 우리가 땅 위에서 겨우 삼사백 척 올라서는 데서 생기는 변화라면, 뉴—욕의 수십 층 위에서 길거리를 내려다보며 사람이 개미같이 보이는 데서 생활하는 사람은 아주 악마적이거나 훨씬 더 자유로운 생각을 하고 있을 것 같습니다. 이것은 다만, 한 걸음 올라선 데서 오는 공덕이 아닌가 합니다.

금화산 위에 한 걸음 올라선 우리를 산 아래서 쳐다볼 때를 생각해보십시오. 참으로 훌륭한 그림입니다. 짙푸른 하늘을 배경으로 한 장 평면 같은 산 그 위에 뚜렷하고 새까맣게 새겨진 사람의 자태. 어느 영웅의 동상을 여기에 비기겠습니까. 이것은 땅 위에 걸어 다니는 우리와 동류(同類, 같은 종류)가 절대 될 수 없습니다.

이런 생각을 하다 보면 역사상 뚜렷이 나타나는 위인의 자취라는 것도 해 넘어가는 하늘을 배경으로 삼백 척 되는 금화산 위에 우뚝 솟은 그림자를 나타낸 우리 이웃이 아닌가 싶고, 그 위인들이 세상을 대하던 갸륵한 태도 역시 금화산 위에서 안개가 설핏 낀 서울 시내를 내려다보는 우리 마음이 아닌가 싶은 생각이 듭니다.

이 작은 글에서 영웅과 위인의 마음과 자취를 생각해보려는 것은 처음부터 내 생각과는 거리가 먼 일입니다. 그것은 다만, 지나는 길에 던져본 한마디 말에 지나지 않습니다.

나는 다만, 이 극심한 더위에 똑같은 키를 가지고 비비대는 사람들 틈에서 한 걸음 올라서서—아니, 천만에! 한 걸음 비켜섬으로써 좁은 목(통로 또는 어귀)에서 나오는 시원한 바람을 맞는 것처럼 심두(心頭, 생각하고 있는 마음. 또는 순간적인 생각이나 마음)에 한 점 시원한 바람을 느껴볼까 해서 이런 자질구레한 생각을 해본 것입니다.

12

산채(山菜)

_채만식

점심 후 전야(前夜, 지난밤)의 철야한 피로에 오수(午睡, 낮잠)를 탐하고 있으려니, 아랫동네 사는 이군이 찾아왔다. 요 전날 만났을 때 뒷산으로 도라지를 캐러 가자고 했던 약속을 잊어버리지 않은 것이다.

신발을 매고, 손에는 소형 스코프(숟갈처럼 생긴 도구)로 된 원예용 이식기를 들고…… 이군은 이렇게 무장을(기실, 경장(輕裝)을) 한 맵시로 앞장섰다.

막대 하나를 끌고 그 뒤를 따르던 나는 채비가 너무 허술함을 깨닫고, 마침 근처에서 병정잡기를 하고 놀던 팔세동(八歲童, 여덟 살 된 어린아이) 조카를 시켜 바구니와 호미를 가져오게 했다. 그랬더니 조카가 제 친구 하나를 데리고 와서 일행은 도통(도합) 네 명이요, 동자들은 병정잡기를 하던 무장 그대로라, 허리에 찬 목도(木刀)가 꽤나 위엄스럽다. 그러니 산도라지를 캐러 간다기보다는 정히(꼭) 산도야지나 사냥하러 가지 않나 싶은 진용이 되고 말았다.

봄으로, 여름으로 매일같이 산책하러 가던 율림(栗林, 밤나무 숲)은 그 새 두어 주일 일에 몰려 못 본 사이에 풀이 벌써 가을답게 향긋하고, 밤송이도 제법 굵어졌다.

그리 드세게 울던 매미 소리도 그쳐 조용하고, 원두밭은 참외 넌출(줄기)을 말끔히 뽑아 새로 갈아놓은 고랑에는 콩 포기만 띄엄띄엄 남았는데, 밭두렁에서는 빈 원두막이 하마(벌써) 쓰러져가고⋯⋯누가 시킨 것도 아니건만, 철은 바야흐로 가을다운 한 가닥 폐허가 깃들기 시작한다.

산도라지는 나보다도 미각이 더 날쌔고 예민한 사람들이 벌써 다녀갔는지, 여름에는 그리 많던 것이 도통 보이지 않았다. 다행히 이군이 '게륵이'라는 대용품(!)을 발견해서 실망하지 않아도 좋았다. '게륵이'는 꽃만 산도라지와 약간 다를 뿐, 잎사귀나 대 그리고 캐서 보면 그 뿌리가 언뜻 산도라지와 분간하기 어려울 만큼 근사(近似, 비슷함)했다. 게다가 이군의 말에 의하면, 맛은 산도라지보다 나으면 나았지 절대 못 하지 않다는 것이다. 그러고 보니, 대용품 치고는 도야지 가죽으로 만든 구두보다도 '스프'가 섞인 광목보다도 착실히 어른인 셈이다.

그럭저럭 간 것이 '느랑꼴'까지 넘어갔다가 골짜기의 맑은 샘물에 때마침 심했던 갈증을 씻고 나니, 몸의 피로가 더욱 전신에 쏟아지는 것 같아, 캔 산채는 바구니 밑바닥도 겨우 가리지 못했는데, 웬만큼 발길을 돌이키기로 했다.

대추나무에 몽실몽실 예쁘게 생긴 대추가 많이 열렸다. 문득, 대추 볼이

볼긋볼긋(군데군데 볼그스름한 모양)한 것이 고향의 추석이 생각났다.

가난한 한 필의 선산 밑에는 감나무가 여덟 주씩 두 줄로 섰고, 솔밭 사이사이로 밤나무가 흔하고, 대추나무가 있었다. 추석이면 감과 대추가 서로 겨루듯 볼이 붉어지고, 밤은 송이가 벌어진다.

우리 고장에는 추석에 성묘를 다닌다. 칠팔 세 그 무렵, 지금 내 앞에 서서 가고 있는 팔세동 저놈만 해서부터 나는 추석이면 곱게 새 옷을 갈아입고, 그때는 아직도 기운이 좋으시던 가친 사형들을 따라서 이 선산으로 성묘를 다니곤 했다. 지금도 잊히지 않는 그때의 감, 밤, 대추 등속의 맛이란……

이런 이야기를 하고 나니, 이군이 웃으면서 이번에 효석(소설가 이효석)의 〈향수〉를 읽었는데 그 비슷한 이야기더라고 한다.

저녁 밥상엔 내가 캐온(실상은 이군이 캐준) 산채가 벌써 한 접시 올랐다. 맛이 달다더니, 산도라지가 얼마큼 섞였음인지 역시 쌉싸래했다. 옛사람은 산채에 맛을 들이니 세미(世味, 세상맛. 즉, 사람이 세상을 살아가며 겪는 온갖 경험)를 잊었노라 했다는데, 산채를 먹으면서도 세미를 잊지 못하는 내 생활은 이 산채의 맛처럼 쓴 것이니…… 하면서 마침 양(梁)이 찬술을 놓았다.

13

손가락

_이광수

　사람이란 하루에도 몇 번씩 죽을 생각이 나는 법이다. 더욱이 나처럼 일생을 불행 속에서 살아온 사람은 더욱 그렇다. 하지만 '에라, 죽어버리자. 죽어버리면 그만일 것을 내가 왜 이 고생을 해.' 하고, 어떻게 하면 얼른 죽을 수 있을까 그 방법을 생각할 때면 반드시 무슨 일이 하나 생겨서 다시 살기를 작정하게 되는 법이다. 그 일이란 항용(恒用, 흔히, 늘) 대수롭지 않다. 혹은 말 한마디에 지나지 않는 수도, 혹은 손을 한번 살짝 만져 주는 것에 지나지 않는다. 가령, 요새 흔히 있는 일 모양으로 한강철교에 빠져 죽으려는 사람이 있을 때, 누구든지 그 사람을 꺼안고 뺨을 한번 마주 비벼보라. 그러면 당장 그 사람의 죽을 마음이 사라져 버리고 말 것이다. 그것은 정(情)의 힘이다. 사랑의 힘이다. 사람의 목숨은 사랑을 먹어야 산다. 죽으려는 이에게 사랑을 주라. 그는 곧 살아날 것이다.

　그것은 내가 열한 살 적 일이다. 불과 열흘 내에 아버지와 어머니가 다

괴질로 돌아가시고 어린 누이동생들과 나만 남았을 때다. 부모는 다 돌아가셨지만 그래도 먹고 살겠다고 내가 물을 길어오고, 반찬을 만들고, 밥을 지었다. 하루는 저녁 지을 나무가 떨어졌기에 나는 낫과 새끼 한 바람(길이의 단위. 한 바람은 한 발)을 들고 뒷산으로 올라갔다.

음력 9월이었다. 풀이 다 늙어서 베어만 오면 곧 아궁이에 넣을 수 있었다. 나는 서툰 솜씨로 불이 잘 붙을 만한 풀을 골라 가면서 베었다. 이왕이면 내일 하루 뗄 것까지 베어 가려고 해가 저물도록 풀을 베었다. 그런데 그만 낫이 어떤 나무뿌리에 미끄러지면서 풀을 쥐었던 왼쪽 무명지 셋째 마디를 썩 들여 베고 말았다. 선뜩하기로 손을 쳐들어 보니 빨간 피가 주르륵 흘러내린다. 나는 웬일인지 갑자기 설움이 들어 오른손에 들었던 낫을 집어 팽개치고 그 자리에 펄썩 주저앉아서 울었다. 얼마를 울었는지 모른다. 내 몸에 있는 피는 죄다 눈물이 되어 버린 것처럼 울었다. 울다가 눈을 떠보면 손가락에서는 점점 더 빨간 피가 흘러내리고, 그것을 보고는 더욱 설움이 나서 울었다. 이렇게 해 넘어가는 줄도 모르고 울고 있을 때 누가 등 뒤에서 한쪽 팔로 껴안으며, 그 입을 내 입술에 마주 댈 만큼 가까이 대고,

"아이고, 가엾어라, 너는 왜 여기 앉아서 이렇게 우니? 부모 생각이 나서 그러니?"

하기로, 나는 피가 흐르는 왼손을 내밀어 보였다. 그녀는 그것을 보고 깜짝 놀라며,

"에구머니, 이게 웬일이냐?"

하고, 피가 흐르는 손가락을 자기 입으로 빨았다. 그의 입술에는 피가 묻었다.

"입에 피!"

나는 그의 손을 급히 뿌리쳤다. 그러자 여인은 허리를 펴서 사방을 둘러보더니 베어 놓은 풀과 끝을 땅에 박고 직 굽어선 낫을 본 후, 내 손가락이 베어진 까닭을 안 듯이 고개를 *끄덕끄덕*하고는 부리나케 풀 속으로 돌아다니면서 쑥솜(쑥대에 붙은 솜 같은 것)을 뜯어다 내 손가락에 대었다. 그러고는 싸맬 것이 없어서 한참 어쩔 줄 몰라 하더니, 입으로 자기 치마 고름을 짝 찢어서 꼭꼭 싸맸다. 다 싸매기도 전에 하얀 치마 고름 헝겊에는 주홍빛으로 피가 내어 비친다.

여인은 또 한번 내 목을 껴안고 뺨을 제 뺨에 비비며 여러 가지 위로의 말을 건네고는 눈물에 젖은 내 얼굴을 물*끄*러미 들여다보면서,

"자, 이제 집으로 가요. 어두워졌으니…… 그리고 울지 말아요. 초년고생을 해야 크게 된대요. 그러니 울지 말아요."

하고, 마치 어머니가 귀여움에 못 견디어 무릎 위에 앉은 어린 자식에게 하는 것처럼 나를 한번 더 꼭 껴안고는 바르르 떨며 입을 맞추었다.

나는 그 여인이 내 몸을 놓기를 기다려 벌떡 일어나서 풀단을 둘러메고 낫을 든 채 집을 향해 뛰어 내려왔다. 얼마를 오다가 뒤를 돌아본즉, 여인은 아직도 그 자리에 서서 내가 돌아보는 것을 보고 손을 흔든다. 또 내가 얼마를 더 내려가다가 돌아본즉, 여인이 어스름한 산그늘로 가물가물 걸어가는 것이 보인다.

집에 돌아오니 어린 누이들이 대문 밖에 나서서 울고 섰다. 나는 부엌으로 들어가서 방금 해온 나무로 밥을 지어 누이들과 함께 부뚜막에 앉아 먹으면서 그 여인의 얼굴을 생각하였다. 그러고는 부모가 다 돌아가신 뒤에 처음으로 기운을 얻어서 언제까지든지 살리라, 힘 있게 살리라고 맹세하였다.

그 여인이 누구인지는 모른다. 그녀는 내가 누군지를 알았던 모양이지만, 나는 그녀가 누군지 몰랐다. 그 후에도 만난 일이 없다. 잘해야 나보다 열 살이나 더 먹었을 듯하던 것을 생각하면 아직도 이 세상에 살아있을 것이다.

아아, 모르는 여인이여, 하늘의 복이 당신 위에 내릴지어다.

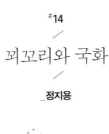

[#]14

꾀꼬리와 국화

_정지용

물오른 봄버들 가지를 꺾어 들고 들어가도 문안 사람들은 부러워하는데, 나는 서울서 꾀꼬리 소리를 들으며 살게 되었다.

새문 밖 감영 앞에서 전차를 내려 한 십 분쯤 걷는 터에 꾀꼬리가 우는 동네가 있다니깐 별로 놀라워하지도 않을 뿐 치하하는 이도 적다.

바로 이 동네 인사들도 매(每, 한 달) 간(間, 사이)에 시세가 얼마며, 한 평에 얼마나 오르고, 내린 것이 큰 관심거리지, 나의 꾀꼬리 이야기에 어울리는 이는 거의 없다.

이삿짐을 옮겨다 놓고 하룻밤 자고 난 바로 이튿날 햇살 바른 아침, 자리에서 일어나기도 전에 기왓골이 옥(玉)인 듯 짜르르 짜르르 울리는 신기한 소리에 놀랐다. 꾀꼬리가 바로 앞 나무에서 우는 것이었다.

나는 황급히 뛰어나갔다. 적어도 우리 집사람쯤은 부지깽이를 놓고 나오든지 든 채로 황황히 나오든지 해야 꾀꼬리가 바로 앞 나무에서 운 보람이 설 것인데, 세상에 사람들이 이렇듯 무딜 줄이 있으랴.

저녁때 한가한 틈을 타서 마을 둘레를 거니노라니, 꾀꼬리뿐 아니라 까투리가 풀 섶에서 푸드득 날아가나 싶더니, 장끼가 산이 찌르렁 하도록 우는 것이다.

산비둘기도 모이를 찾아 마을 입구까지 내려오고, 시어머니 진짓상 나수어다(내어다 드림) 놓고선 몰래 동산 밤나무 가지에 목을 매어 죽었다는 며느리의 넋이 새가 되었다는 며느리새도 울고 하는 것이었다.

며느리새는 외진 곳에서 숨어서 운다. 밤나무 꽃이 눈같이 흴 무렵. 아침저녁 밥상 받을 때 유심히도 극성스럽게 우는 새다. 실큼하게도(싫은 생각이 있음) 슬픈 울음에 정말 목을 매는 소리로 끝을 맺는다.

며느리새의 내력을 안 것은 내가 열세 살 때였다. 지금도 그 소리를 들으면 열세 살 적의 외로움과 슬픔, 무서움이 다시 떠오르기에 며느리새가 우는 외진 곳에 가다가 발길을 돌이킨다.

나라 세력으로 자란 솔이라 고스란히 서 있을 수밖에 없으려니와 바람에 솔 소리처럼 아늑하고, 서럽고, 즐겁고, 편한 소리는 없다. 오롯이 패잔 (敗殘)한 후에 고요히 오는 위안 그러한 것을 느끼기에 족한 솔 소리. 그것만 하더라도 문밖으로 나온 값은 치를 수밖에 없다.

동저고리(남자가 입는 저고리) 바람을 누가 탓할 이도 없으려니와 동저고리 바람에 따르는 훗훗하고, 가볍고, 자연과 사람을 향하여 아양 떨고 싶기까지 한 야릇한 정서, 그러한 것을 나는 비로소 알아내었다.

팔을 걷기도 한다. 그러나 주먹은 잔뜩 쥐고 있어야 할 이유가 하나도 없고, 그 많이도 흉을 잡히는 일을 벌이는 버릇도 동저고리바람엔 조금 벌려 두는 것이 한층 편하고 수월하기도 하다.

무릎을 세우고, 안으로 깍지를 끼고, 그대로 아무 데라도 앉을 수 있다. 그대로 한나절 앉았기로서니 나의 게으른 탓이 될 수 없다. 머리 위에 구름이 절로 피명지명하고, 골에 약물이 사철 솟아나지 아니한가.

뼈끔채 꽃, 엉겅퀴 송이, 그러한 것이 모두 내게는 끔찍한 것이다. 그 밑에 앉고 보면 나의 몸뚱이, 마음, 얼, 할 것 없이 호탕하게도 꾸미어지는 것이다.

사치스럽게 꾸민 방에 들 맛도 없으려니와 나이 30이 넘어 애인이 없을 사람도 뼈끔채 자주 꽃이 피는 것에 비하면 내가 실컷 살겠다.

바람이 자면 노오란 보리밭이 후끈하고, 송진이 고여 오르고, 뻐꾸기가 서로 불렀다.

아침 이슬을 흘으며 언덕에 오를 때 대수롭지 않게 흔한 달기풀꽃이라도 하나 업신여길 수 없는 것을 보았다. 이렇게 작고 푸르고 예쁜 꽃이었던가. 새삼스럽게 놀라웠다.

이렇게 푸를 수가 있는 것일까. 손끝으로 으깨어 보면 아깝게도 곱게 푸른 물이 들지 않던가. 밤에는 반딧불이 불을 켜고 푸른 꽃잎에 옮겨붙는 것이었다.

한번은 닭풀꽃을 모아 잉크를 만들어서 친구들에게 편지를 염서(艶書, 남녀 간에 애정을 담아 써서 보내는 편지)같이 써 부쳤다. 무엇보다도 꾀꼬리가 바로 앞 나무에서 운다는 말을 알렸더니, 안악(安岳) 친구는 꾕

장한 치하 편지를 보냈고, 장성(長城) 벗은 겸사겸사 멀리도 집알이(새로 집을 지었거나 이사한 집에 집 구경 겸 인사로 찾아보는 일)를 올라왔었던 것이다.

하지만 그날사말고 새침하고, 꾀꼬리가 울지 않았다. 맥주 거품도 꾀꼬리 울음을 기다리는 듯 고요히 이는데, 장성 벗은 웃기만 하였다.

붓대를 희롱하는 사람은 가끔 이런 섭섭한 노릇을 당한다.

멀리 연기와 진애(塵埃, 티끌과 먼지를 통틀어 이르는 말)를 걸러오는 사이렌 소리가 싫지 않게 곱게 와 사라지는 것이었다.

꾀꼬리는 우는 제철이 있다.

이제 계절이 아주 바뀌고 보니, 꾀꼬리는 크거니와 며느리새도 울지 않고, 산비둘기만 극성스러워진다.

꽃도 잎도 이울고(꽃이나 잎이 시듦), 지고, 산국화도 마지막으로 쓰러지니, 솔 소리가 억세어 간다.

꾀꼬리가 우는 철이 다시 오면 장성 벗을 다시 부르겠거니와 아주 이우러진(시듦) 이 계절을 무엇으로 기울 것인가.

동저고리바람에 마고자를 포개 입고 은단추를 달리라.

꽃도 조선 황국(黃菊)은 새로 치면 꾀꼬리와 같은 것이다. 그러니 이제 황국을 보고 취하리로다.

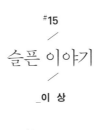

#15
슬픈 이야기

_이 상

—어떤 두 주일 동안

그곳은 참 오랜만에 가본 것입니다. 누가 거기에 가 보라고 그랬는지는 모릅니다. 매우 변했더군요. 그 전에 사생(寫生, 실물이나 실제 경치를 있는 그대로 본떠 그리는 일)하던 다리 아치(개구부 상부의 무게를 지탱하기 위하여 돌이나 벽돌을 곡선 모양으로 쌓아 올린 구조물. 또는 그런 모양이나 구조)가 모색(暮色, 날이 저물어 가는 어스레한 빛) 속에 여전하고, 시냇물 역시 그 밑을 조용히 흐르고 있습니다. 또 양쪽 언덕은 잘 다듬어서 중간중간 연못처럼 물이 괴었고, 자그마한 섬들이 세간(世間, 집안 살림에 쓰는 온갖 물건)처럼 조촐하게 놓여있습니다. 거기서 시냇물을 따라 좀 더 올라가면 졸업 기념으로 사진을 찍던 나무다리가 있습니다.

그 시절 친구들은 모두 뿔뿔이 헤어져 지금은 안부조차 모릅니다. 나는 거기까지는 가지 않고 의자처럼 생긴 어느 나무토막에 앉아서 물속으로도 황혼이 오는지 안 오는지 들여다보고 있었습니다. 잎사귀가 모두 떨어진 나무들이 물속에 거꾸로 비쳤습니다. 전신주도 비쳤습니다. 물은 그런 틈새로 잘 빠져서 흐릅니다. 하지만 내려놓은 그 풍경을 만져 보는 일은 결코 없습니다. 바람 없는 저녁입니다. 물속 전신주에 달린 전등에 불이 들어왔습니다. 마치 무슨 중요한 '말씀' 같습니다.

— '밤이 오십니다.'

나는 고개를 들어 땅 위의 전신주를 보았습니다. 갑자기 불이 켜집니다. 내가 보지 않는 동안 백주(白晝, 대낮)를 한 병 담아서 놀던 전등이 잠시 한눈을 판 것 같습니다. 그래, 밤이 오나…… 그러고 보니, 공기가 참 차갑습니다.

두루마기 아궁탱이(소맷부리) 속에서 오른손이 왼손을 꼭 쥐고 땀을 흘리고 있습니다. 내 마음이 허공에 있거나 물속으로 가라앉았을 동안에도 육신은 육신끼리의 사랑을 잊어버리거나 게을리하지 않나 봅니다. 머리카락은 모자 속에서 헝클어진 채 아무 소리도 없습니다. 어떻게 생각하면 이 가난한 모체(母體, 몸)를 의지하며 지내는 것들이 불쌍한 것도 같습니다. 땅으로 치면 메마른 불모지와도 같은 셈입니다. 눈도 퀭하니 힘이 없고, 귀도 먼지가 잔뜩 앉아서 너절한 행색입니다. 목에서는 소리가 제대로 나기는 하지만 낡은 풍금처럼 윤기가 없습니다. 콧속 역시 늘 도배한 것, 낡은 것처럼 우중충합니다. 20여 년이나 하나를 믿고 다소곳이 따라 지내온 그들이 어지간히 가엾고 끔찍할 뿐입니다. 그런 그윽한 충성을 잊은 채, 나는 지금 망하려 드는 것입니다.

일신(一身, 자기 한 몸)의 식구들이(손·코·귀·발·허리·종아리·목 등) 주인의 심사(心思, 사람이나 사물에 대해 일어나는 어떤 감정이나 생각)를 무던히(수준이나 정도가 꽤 상당하게) 헤아리나 봅니다. 이리 비켜서고 저리 비켜서고, 서로서로 쳐다보기도 하고, 불안스러워하기도 하는 중에도 서로서로 의지하고, 여전히 다소곳이 닥쳐올 일을 기다리고만 있는 것 같습니다. 그러는 동안 꽤 어두워졌습니다.

별이 한 분씩 두 분씩 모여들기 시작합니다. 어디서 오시나. 굿 이브닝! 뿔뿔이 이야기꽃을 피우나 봅니다. 어떤 별은 좋은 담배를 피우고, 어떤 별은 정한(情恨, 정과 한) 손수건으로 안경알을 닦기도 하고, 또 기념촬영을 하는 무리도 있습니다. 나는 그런 오붓한 회장(會場, 모임이 열리는 장소)을 고개를 들어 쳐다보지 않은 채 물속을 통해 쳐다봅니다. 시각이 거의 되었나 봅니다. 오늘 밤 프로그램은 참 재미있는 여흥(餘興, 연회나 모임 끝에 흥을 돋우기 위하여 곁들이는 연예나 오락)이 가지가지 있나 봅니다. 금 단추를 단 순시(巡視, 조직의 관리자 또는 책임자)가 여기저기서 들창을 닫는 소리가 들립니다.

갑자기 회장이 어두워지더니, 모든 얼굴이 활기를 띱니다. 그중에는 가벼운 흥분으로 인해 잠깐 입술이 떨리는 이도 있고, 의미 있는 미소를 주고받으며 눈을 끔벅거리는 이들도 있습니다. 안드로메다, 오리온, 이렇게 좌석을 정한 후 담배도 모두 꺼버렸습니다. 그때 누군가가 회장 뒷문으로 허둥지둥 들어왔나 봅니다. 모든 별의 고개가 한쪽으로 일제히 기울어졌습니다. 근심스러운 체조, 그리고 숨결 죽이는 겸허로 인해 하늘이 더 깊고, 멀고, 어둡고, 멀어진 것 같습니다.

무슨 일일까요? 넓은 하늘 맨 뒤까지 들리는 그윽하지만, 결코 거칠지 않은 음악처럼 맑고 또렷한 말씀이 들립니다.

—여러분, 오늘 저녁에는 모두 일찍 돌아가시라는 전령입니다.

우—모두 일어나나 봅니다. 발루아 검정 모자는 참 품(品, 등급)이 있어 보이고, 스페인풍 망토 자락 역시 퍽 보기 좋습니다. 에나멜 구두가 부드러운 융단을 딛는 소리가 빠드득빠드득 꽈리 부는 소리처럼 들립니다. 모두 뿔뿔이 걸어서 갑니다.

이제 회장이 텅 빈 것 같습니다. 군데군데 전등이 몇 개 남아 있을 뿐입니다. 오늘 밤 숙직(宿直, 건물이나 시설 등을 밤새도록 지킴)을 할 늙은 이가 들어오더니, 그나마 하나씩 둘씩 꺼져버립니다. 삽시간에 등불도 다 꺼지고, 어둡고 답답한 하늘에는 츄잉검과 캐러멜 껍데기가 여기저기 흩어져 있습니다. 무슨 일이 있으려나. 대궐에 초상이 났나 봅니다.

나는 팔짱을 끼고 오랫동안 잊어버렸던 우두(牛痘, 천연두) 자국을 만져 보았습니다. 그러고 보니 우리 어머니도, 우리 아버지도 모두 얼굴이 얽으셨습니다. 하지만 두 분 모두 마음만은 착하기 그지없습니다. 우리 아버지는 손톱이 일곱 개밖에 없습니다. 궁내부(宮內府, 1894년 제1차 갑오개혁 때 신설되어 왕실 업무를 총괄한 관청) 활판소(活版所, 활판을 짜서 인쇄하는 곳)에 다닐 때 손가락 세 개를 두 번에 걸쳐 잘리고 말았습니다. 우리 어머니는 생일도, 이름도 모릅니다. 태어나면서부터 친정이 없기 때문입니다. 그래서 나는 외갓집이 있는 사람이 매우 부럽습니다. 하지만 우리 아버지는 장모 있는 사람을 그렇게 부러워하지 않습니다.

나는 두 분께 돈을 갖다 드린 일도, 뭘 사 드린 일도 없습니다. 또 한 번도 절을 해본 일이 없습니다. 두 분이 내게 운동화를 사주시면, 나는 그것을 신고, 두 분이 모르는 골목길로만 다녀 금방 망가뜨리고 말았습니다. 또 월사금(학교에 매달 내던 수업료)을 주시면 두 분이 못 알아보는 글자만을 골라서 배웠습니다. 그랬건만 두 분은 단 한 번도 나를 미워한 일이 없습니다. 집을 나갔다가 23년 만에 돌아왔더니, 여전히 가난하게 사실 뿐이었습니다. 어머니는 내 대님과 허리띠를 접어주셨고, 아버지는 내 모자와 양복저고리를 걸기 위해 못을 박으셨습니다. 동생도 다 자랐고, 막냇누이도 어느새 아가씨가 되어 있었습니다. 그랬건만 나는 돈을 벌 줄 모릅니다. 어떻게 하면 돈을 벌 수 있을까요? 못 법니다, 못 법니다.

내게는 친구도 없습니다. 어른도 없습니다. 버릇도 없습니다. 뚝심(굳세게 버티어 내는 힘)도 없습니다.

손이 뺨을 만집니다. 남의 손처럼 차갑습니다. '무슨 생각을 그렇게 하시나요? 이렇게 야위었는데.' 모체(母體)가 망하려 드는 기색을 알아차렸나 봅니다. 이내 위문(慰問, 불행에 처한 사람이나 수고하는 사람 등을 위로하고 사기를 북돋기 위해 방문하거나 안부를 물음)이 끊이지 않습니다. 그러면 뭘 하나. 속절없을 뿐이지.

나는 내 마음 최후의 재산인 기사(記事)마저도 이미 몰래 내다 버렸습니다. 남은 것이라곤 약 한 봉지와 물 한 그릇 뿐입니다. 어느 날이고, 밤

깊이 너희들이 잠든 틈을 타서 살짝 망하리라. 그 생각이 하나 적혀 있을 뿐입니다. 어머니 아버지에게 말하지 않고, 친구들에게도 전화하지 않은 채 기아(棄兒, 부모 또는 육아의 의무가 있는 사람이 아이를 몰래 내어다 버림)하듯이 망하렵니다.

하하, 비가 오시기 시작합니다. 살랑살랑 물 위에 파문이 어지럽습니다. 고무신 신은 사람처럼 소리가 없습니다. 눈물보다도 고요합니다. 공기는 한층 더 차갑습니다. 까치나 한 마리…… 참, 이 비에 까치집이 새지 않는지 모르겠습니다. 이제 까치도 살기가 어려워져 서울 근방에서는 모두 없어졌나 봅니다. 이렇게 굳은비가 오는 밤에는 우는 사람도 많을 것입니다. 건너편 양옥집 들창이 유달리 환하더니, 결국 누군가가 그 들창을 안으로 닫아 버리고 맙니다. 따뜻한 방이 눈을 감고 실없는 장난을 하려나 봅니다. 마음대로 하라지요, 뭐.

하지만 한데는 너무 춥고, 빗방울은 차차 굵어갑니다. 비가 오네, 비가 오누나. 이제 비가 들기만 하면 날이 새렸다. 그런 계절에 대한 근심이 마음을 불안하게 하는 때, 나는 사람이 불현듯 그리워집니다. 지금 내 곁에는, 내 여인이 벙어리처럼 서 있을 뿐입니다.

나는 가만히 여인의 얼굴을 쳐다봅니다. 참 하얗고도 애처롭습니다. 여인에게는 그전에 달빛 아래서 오래오래 놀던 세월이 있었나 봅니다. 아, 저런 얼굴에…… 하지만 입 맞출 곳이 하나도 없습니다. 입 맞출 자리란, 말하자면 얼굴 중에도 반드시 아무것도 아닌 자그마한 빈 터전이어야만 합니다. 그렇건만 이 여인의 얼굴에는 그런 공지(空地, 빈터)가 단

한 군데도 없습니다. 나는 이 태엽을 감아도 소리 안 나는 여인을 가만히 가져다가 내 마음에다 놓아두는 중입니다. 텅텅 빈 내 모체가 망할 때, 나는 이 '시몬'과 같은 여인을 체(滯, 막히다)한 채 그리렵니다. 이 여인은 내 마음의 잃어버린 제목입니다. 그리고 미구(未久, 앞으로 곧)에 내어다 버릴 내 마음을 잠시 걸어 두는 한 개의 못입니다. 육신의 각 부분도 이 모체의 허망함을 묵인하고 있나 봅니다.

"여인이여, 내 그대 몸에는 손가락 하나 대지 않으리다. 그러니 우리 함께 죽읍시다."

"Double Platonic Suicide(동반자살)인가요?"

"아니지요, 두 개의 Single Suicide(자살)이지요."

나는 수첩을 꺼내어 날짜를 짚었습니다. 오늘이 11월 16일이고, 다음 다음 주 휴일이 12월 1일이라고.

"두 주일이군요."

여인의 창호지같이 창백한 얼굴에 금이 가면서 웃음이 살짝 보입니다. 여인은 그윽한 내 공책에 악보처럼 생긴 글자로 증서를 하나 쓰고 지장을 찍어주었습니다.

"틀림없이 같이 죽어드리기로."

"네, 감사하다 뿐이겠습니까."

나는 내가 제일 좋아하는 노래를 생각하며 휘파람을 불었습니다.

나는 세상의 모든 죄송스러운 일을 잊어버리기로 하였습니다. 그리고 깨끗한 손수건을 깃발처럼 흔들었습니다. 패배의 기념입니다.

"저기 저 자동차들은 비가 오는데 어디를 저렇게 가는 걸까요?"

"네, 그 고개 너머에 성모의 시장이 있습니다."

"일 원짜리가 있다니 정말 불을 지르고 싶습니다."

"왜요?"

자동차들은 헤드라이트로 물을 튀기면서 언덕 너머로 언덕 너머로 몰려갑니다. 오늘처럼 척척한 밤공기 속에서는 분도 좀 더 발라야 하고, 향수도 좀 더 강렬한 것이 필요할 것 같습니다.

참 척척합니다(살갗에 닿아서 축축하고 차갑다). 이제 비가 제법 옵니다. 모자 차양(햇볕을 가리거나 비가 들이치는 것을 막기 위하여 처마 끝이나 창문 바깥쪽에 덧붙이는 물건)에서도 물이 뚝뚝 떨어집니다. 두루마기는 속속들이 젖어서 이제 저고리마저 젖기 시작했습니다. 아무도 보는 사람이 없습니다. 아무도 없는데 왜 부끄러워해야 합니까? 나는 누구나 만날 때마다 부끄러워하렵니다. 그러나 그이는 내가 왜 부끄러워하는지 모릅니다.

내 속에 사는 악마는 고생을 많이 한 사람처럼 키가 매우 작습니다. 또 몸무게 역시 몇 푼 되지 않습니다. 그런데 어디서 횡재를 하고 돌아왔습니다. 장갑을 벗으면서 초췌하지만 즐거운 얼굴을 잠시 거울 속으로 엿보나 봅니다. 그리고 나서 깨끗한 도화지 위에 단색으로 풍경화를 한 장 그립니다.

언젠가 한 번 왔다 간 적이 있는 항구입니다. 날이 좀 흐렸습니다. 반찬도 맛이 없습니다. 젊은 사람이 젊은 여인을 곁에 세운 채 우체통에 편지를 넣습니다. 철썩, 어둠은 물과 같이 출렁출렁하나 봅니다. 우체통 안으로 꼭두서니(꼭두서닛과에 속한 여러해살이 덩굴풀) 빗물이 차갑게 튀어서 편지가 젖었을까 생각해봅니다. 젊은 사람이 입맛을 다시더니 곁에 있던 여인과 어깨를 나란히 한 채 부두를 향해 걸어갑니다. 몇 시나 되었을까…… 4시? 해는 어지간히 서쪽으로 기울고, 음산한 바람이 밀물 냄새를 품고 불어옵니다.

"담배 다섯 갑만 주세요. 그리고 오십 전짜리 초콜릿도 하나 주시구요."

여보 하릴없이 실감개 같지…….

"자, 안녕히 계십시오."

골목은 길고 포도(鋪道, 돌·시멘트·아스팔트 따위를 깔아 단단하게 다져 꾸민 도로)에는 귤껍질이 여기저기 흩어졌습니다.

뚜—부두에서 들려오는 기적 소리가 분명합니다. 뚜—, 이 뚜—소리에는 옅은 보라색을 칠해야 합니다. '부두'올시다. 에그, 여기도 버스가 있구려.

돛대(선체의 중심 갑판에 수직으로 세운 기둥) 위에서 깃발이 숨이 차서 헐떡헐떡 야단입니다. 젊은 사람은 앞가슴 두 번째 단추를 빼어놓습니다. 누가 암살을 하면 어떻게 하게? 축항(築港, 항구)의 물은 새까맣습니다. 나무토막이 떴습니다. 저놈은 대체 어디서 떨어져 나온 놈일까요? 참, 갈매기가 나네요. 오늘은 헌 옷을 입었습니다. 길이 진가봅니다.

자, 탑시다. 선벽(船壁, 배의 벽)은 검고, 굴 딱지가 많이 붙어 있습니다. 하여간 탑시다. 시간이 다 된 모양입니다. 뚜—뚜뚜—떠나나 봅니다. 저는 좀 드러눕겠습니다. "저도요!" 좀 동그란 들창으로 좀 내다봐야겠군요. 항구에는 불이 들어왔습니다. 여인의 이마를 좀 짚어봅니다. 따끈따끈합니다. 팔팔 끓습니다. 어쩌나…… 그러지 마요. 담배를 피워 물었습니다. 한 개 피우고, 두 개 피우고, 잇대어 세 개를 피우고, 네 개, 다섯 개, 이렇게 해서 쉰 개를 피우는 동안에 결심하면 됩니다.

"여보, 그동안 당신은 초콜릿이나 잡수세요."

선실에도 불이 켜졌습니다. 모두 피곤하나 봅니다. 마흔 개, 마흔한 개…… 이렇게 해서 어느 사이에 마흔아홉 개를 태워버렸습니다. 혀가 아려서 견디지 못하겠습니다. 초저녁이 흔들립니다.

"여보, 이 꽁초 늘어선 것 좀 봐요! 마흔아홉 개예요. 일어나요, 이제 갑판으로 나갑시다."

여인은 다소곳이 일어나건만 여전히 말이 없습니다. 흐렸군. 별도 없이 바다는 그냥 문을 닫은 것처럼 어둡습니다. 소금 냄새 나는 바람이 여인의 치맛자락을 휘날립니다. 한 개 남은 담배에 불을 붙여 물고, 요거 한 대가 다 타는 동안 마지막 결심을 하면 됩니다.

"여보, 서럽지는 않소?"

여인은 머리를 좌우로 흔듭니다.

"이제 다 탔소!"

문을 닫아라. 배를 벗어 버리는 미끄러운 소리…… 답답한 야음을 떠미는 힘든 소리…… 바다가 깨어지는 요란한 소리…… 굿바이! 악마는 이 그림 한구석에 차근차근 사인을 하였습니다.

두 주일이 속절없이 지나가고, 휴일이 찾아왔습니다. 나는 강변 모래밭을 여인과 함께 걷고 있었습니다. 나는 기침을 합니다. 콜록콜록—콜록—결국 감기가 들고 말았습니다.

바람이 사정없이 불어옵니다. 내 포켓에는 걱정이 하나 들어 있습니다. 여인은 오늘 유달리 키가 작아 보일 뿐만 아니라 생기가 없어 보입니다. 그럴 줄 알았습니다. 당신은 너무 젊습니다. 그렇게 젊은 몸으로 이렇게 자꾸 기일이 천연(遷延, 일이나 날짜 등을 오래 끌어 미루어 감)되는 데서, 나는 불안이 점점 커갈 뿐입니다. 바람을 떵떵 먹은 돛폭(돛을 이루고 있는 넓은 천)을 둘씩 셋씩 세운 상가선(商賈船, 장사할 물건을 싣고 다니는 작은 배)이 뒤이어 올라가고 있습니다. 노래나 한마디 하시구려. 하늘은 차고, 땅은 젖었습니다. 과자보다도 가벼운 여인의 체중입니다.

나는 돌아서서 겨우 담배를 붙여 물고 겸사겸사 한숨을 쉬었습니다. 기침이 납니다. 저리 가봅시다. 방풍림 우거진 속으로 철로가 놓여 있습니다. 까치 한 마리도 없이, 낙엽은 낙엽대로 쌓여서 이 세상에 이렇게 황량한 데가 또 있을까요?

나는 여인의 팔짱을 끼고 질컥질컥하는 낙엽을 밟으면서 자꾸만 동쪽으로 걸었습니다. 자갈을 가득 실은 화물차가 자그마한 기적을 울리며 우리 곁을 지나갑니다. 우리는 그 자리에 서서 동화 같은 그 풍경을 한없이 바라보았습니다. 간혹 낙엽 위로 나 있는 길도 있습니다. 그러나 사람은 단 한 명도 만날 수 없습니다. 어디까지나 황량한 인외경(人外境, 사람이 살고 있지 않은 곳)일 뿐입니다.

나는 야트막한 여인의 어깨를 어루만지며 장미처럼 생긴 귀에다 대고 부드럽게 말했습니다.

"집에 갑시다."

"싫어요. 저는 오늘 아주 나왔어요."

"닷새만 더 참아요."

"참지요…… 하지만 그렇게까지 해서라도 꼭 죽어야 하나요? 그러면 죽은 셈 치고, 그 영혼을 제게 빌려주실 순 없나요?"

"안 됩니다."

"언제든지 죽어드리겠다는 저당을 붙여도요?"

"네."

세상에 이런 일이 또 있습니까? 나는 주머니 속에서 몇 통의 편지를 꺼내 그 자리에서 모두 찢어버리고 말았습니다. 군(君)이 이 편지를 받았을 때, 나는 이미 아무개와 함께 이 세상 사람이 아니리라는, 내 마지막 허영심을 담은 편지였습니다. 하지만 그게 뭐란 말입니까? 과연, 지금 나로서는 내 한목숨도 끊을 만한 용기가 없습니다. 수양(修養)이 되지 않았기 때문입니다. 하지만 힘써 얻어 보겠습니다. 까치도 오지 않는 이 그윽한 수풀 속에 난데없는 떼 상장(喪章, 상중에 있음을 나타내거나 조의를 표하기 위하여 옷깃이나 소매 따위에 다는 이름표)이 쏟아진 것입니다. 여인의 얼굴은 새파래졌습니다.

#16

밤이 조금만 짧았다면

_김유정

김 형께!

심히 놀랍습니다.

이처럼 사람의 일이 막막할 수가 없습니다.

울어서 조금이라도 이 답답한 가슴이 풀릴 수만 있다면 얼마든지 울 것 같습니다.

　이것은 내 이야기를 전해 듣고 너무도 놀란 마음에 황황히(갈팡질팡 어쩔 줄 모를 정도로 급하게) 뛰어오려고 했으나, 때마침 동생이 과한 객혈로 말미암아 몸져누워 우울하게 자리를 지키고 있다는 한 친구에게서 온 편지였다. 돈이 없어 약을 쓸 수 없다는 그. 형 된 마음에 좋을 리 없다.

　한쪽에는 동생이 앓아누워 있고, 또 한쪽에는 친구가 누워 있어 시급히 돈이 필요하건만, 그에게는 왜 그리 없는 것이 많은지……. 간교한 교제

술이 없고, 비굴한 아첨이 없고, 때에 찌든 자존심마저 없으니, 세상은 이런 어리석은 청년에게 처세의 길을 결코 열어주지 않았다.

우두커니 앉아 있는 그를 눈앞에서 보는 듯하다.

아, 나에게 왜 돈이 없나 싶어 부질없는 한숨이 터져 나왔다.

친구의 편지를 다시 집어 들고 읽어보니, 그 자자구구(字字句句, 각 글자와 각 글귀)에 맺힌 어리석은 그의 순정이 내 가슴을 마구 때리고, 내가 가야 할 길을 엄숙히 암시해주는 듯해 우정을 넘어선 그 뭔가를 느꼈다. 결국, 감격 끝에 눈물을 머금고 말았다.

며칠 후, 그가 나를 찾아올 것이다. 그때까지 이 편지를 고이 접어두련다. 이것이 그에게 보내는 나의 답장이다.

그의 주머니에 이 편지를 다시 넣어 주리라 마음먹고 봉투에 편지를 넣어 이불 밑에 깔아두었다. 지금 내게는 한 권의 성서보다 몇 줄의 이 글발이 지극히 더 은혜롭고, 갈수록 거칠어가는 감정을 매만져주는 것이니, 그것을 몇 번 거듭 읽는 동안 더운 몸이 점차 식어가고 있음을 느끼었다.

램프 불을 낮추고 어렴풋이 눈을 감아본다. 그러다가 허공에 둥실 떠올라 중심을 잃고 몸이 삐꿋하였을 때, 그만 아찔하여 눈을 떠보니, 석 점(새벽 세 시)이 되려면 아직 5분이 남았다. 넓은 뜰에서 허황히(헛되고 황당하며 미덥지 못하게) 뒹구는 바람에 법당 안 풍경이 은은히 울려온다.

아아, 가을밤은 왜 이리도 깊을까. 더디게 가는 시간이 원망스러울 뿐이다.

Part 4 눈이 오는 날엔
누구에게나 천사가 되어주고 싶다

눈 오는 날은 마음이 고와집니다.

먼 데 있는 사람이 그리워집니다.

아무라도 껴안고 싶게 다정해지는 눈 오는 날,

퍼붓는 눈 속에 저무는 거리를 혼자서 걸어가는 재미!

아아, 나는 어릴 때부터 얼마나

눈 쏟아지는 북극의 거리를 그리며 컸는지 모릅니다.

- 방정환, 〈눈 오는 거리〉 중에서

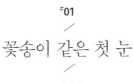

꽃송이 같은 첫 눈

_ 강경애

    오늘은 아침부터 해가 안 나는지 마치 촛불을 켜대는 것처럼 발갛게 피어오르던 우리 방 앞문이 종일 컴컴했다. 그리고 이따금 문풍지가 우룽룽 우룽룽 소리를 내었다. 잔기침 소리가 나며, 마을에 갔던 어머니가 들어오신다.

    "어머니, 어디 갔댔어?"

    나는 바느질하던 손을 멈추고 어머니를 쳐다보았다. 치마폭에 풍겨 들어온 산뜻한 찬 공기며 발개진 코끝.

    "에이, 춥다."

    어머니는 화로를 마주 앉으며 부저로 손끝이 발개지도록 불을 헤친다.

    "잔칫집에 갔댔다."

    "응, 잔치 잘해?"

    "잘하더구나."

"색시 고와?"

"쓸 만하더라."

무심히 어머님의 머리를 쳐다보니 물방울이 방울방울 서렸다.

"비 와요?"

"비는 왜, 눈이 오는데."

"눈? 벌써 눈이 와. 어디."

어린애처럼 뛰어 일어나다가 손끝이 따끔해서 굽어보니 바늘이 반짝 빛났다.

"에그, 아파라. 고놈의 바늘."

나는 이렇게 중얼거리며 옥양목 오라기(실이나 헝겊 따위의 길고 가느다란 조각)로 손끝을 동이고 밖으로 뛰어나갔다. 하늘은 보이지 않고 눈송이로 뿌옇다. 그리고 새로 한 수숫대 바자갈피(대나 수수깡 따위로 발처럼 엮거나 결어서 만든 물건의 틈)에는 눈이 한 줌이나 두 줌이 되어 보이도록 쌓인다. 보슬보슬 눈이 내린다. 마치 내 가슴속까지도 눈이 내리는 듯했다. 그리고 나는 듯 마는 듯한 냄새가 나의 코끝을 깨끗하게 한다. 무심히 나는 손끝을 굽어보았다. 하얀 옥양목 위에 발갛게 피가 배었다.

'너는 언제까지나 바늘과 싸우려느냐?'

이런 질문이 나도 모르게 내 입속에서 굴러떨어졌다. 나는 싸늘한 대문에 몸을 기대고, 어디를 특별히 바라보는 것도 없이 언제까지나 움직이지 않았다.

꽃송이 같은 눈이 떨어진다, 떨어진다.

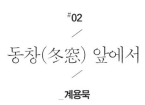

#02

동창(冬窓) 앞에서

_계용묵

첫 추위에 한 번 언 창이 좀체 녹질 않는다. 스토브에 불은 연일 지속되건만 대용탄(代用炭)의 기세로는 동창(冬窓)을 녹일 만한 화력 한 번 올려 보지 못한다. 쓸쓸한 방 안이다. 바람맞은 병아리마냥 어깨만 그냥 올라간다. 그러지 않아도 남의 집에 몸을 맡긴 손님처럼 자유에 가난한 마음이 오력(伍力)의 자유까지 잃게 되니, 도무지 몸이 무거운 듯이 흥이 실리지 않는다. 그래도 웃고 지나는 친우들을 보면 해방된 백성의 면모처럼 보여 한결 마음이 풀리다가도 어느새 동창과 같이 얼어들곤 한다.

이러한 방안에서, 이러한 마음으로 나는 사무를 본다.

붓대를 잡으면 전기가 간다. 붓대를 놓으면 전기가 온다.

전기도 이 겨울 접어들면서 제법 정치가처럼 변덕을 부린다. 어느 시각에 붓대를 들어야 전기와 배가 맞아 일의 능률을 올리게 될지 알 수 없다. 전기의 농락이 귀찮아 아주 붓대를 놓고, 그래도 스토브라고 노변(爐

邊, 난로 주변)으로 의자를 당겨 앉았다.

젊은 여자 손님이 찾아온다.《민성》기자라고 한다. 쪽지와 연필을 내들더니 신년호 설문에 대답하란다.

"1948년에는 독립 정부가 수립되리라고 보십니까?"

창졸간 대답이 나오지 않는다. 나는 세계정세나 국내정세에 눈이 어둡다. 또 여기에 대답할 자격 역시 없다.

"글쎄올시다."

이렇게 이야기를 던졌는데도, 기자가 잡은 붓대는 가부론(可否論)을 마냥 기다리며 고집을 피운다.

얌전히 고개를 숙인 채 내 대답만을 성의를 다해 기록하려는 그 물음에, 나는 "왜 1948년엔 독립 정부가 수립되리라고 봅니까?"라는 이 한마디가 빨리 나오지 않아 기자에게 붓방아만 찧게 만들었을까. 하도 찧는 붓방아가 미안해서 결국 나는 이렇게 말했다.

"그야 정치가들이 알겠지요."

기껏 한다는 대답이 그것이었다.

두껍게 얼은 창은 오정(吾正, 낮의 열두 시)이 훨씬 넘었는데도 조금도 녹지 않을 듯하다. 언제야 삼동(三冬)이 걷혀 얼어붙은 동창이 녹아서 오력을 펴게 될까.

등골에 오싹거리는 한기를 다시금 느끼며, 넣어도 녹지 않는 대용탄을 또 집어넣어 본다.

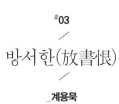

방서한(放書恨)

_계용묵

　바람이 살랑거리니 바깥보다는 방 안이 한결 좋다. 밤의 방 안은 더욱 마음에 든다. 등(燈) 아래 책상을 기대앉으면 마음이 푹 가라앉는 것이 무엇인가를 자연히 사색하게 한다. 등화가친(燈火可親, 등불을 가까이 할 만하다는 뜻으로, 서늘한 가을밤은 등불을 가까이하여 글 읽기에 좋다는 말)이라는 말이 있거니와 등화(燈火)와 친하지 않고는 견딜 수 없는 것이 겨울밤인 듯싶다.

　저녁을 치르고, 일순(一瞬, 아주 짧은 시간)의 산책을 한 후 불을 켜고 고요히 방 안에 들어앉으면, 내 마음은 항상 무엇에 그렇게 주렸는지, 공허한 마음이 저도 모르게 그 무엇인가를 찾기에 바쁘다. 그러나 그것은 언제나 찾을 수 있는 마음이 아니다. 그러니 쉽게 찾아질 리 없다.

　그것을 못 찾는 내 마음은 우울하기 짝이 없다. 이제 나이 사십의 고개턱에 숨이 차게 되었으니, 인생의 감상 시절은 지났다고 봐도 좋으련만,

내 마음은 무엇을 찾기에 그리 늘 우울한지.

언제나 나는 내 마음에서 그 무엇인가를 찾다 못 찾으면 그것을 책에서 찾으려고 애쓴다. 그 어떤 책 속에는 족히 내 공허한 마음을 채워 줄 무엇이 들어 있을 것만 같기 때문이다. 그래서 멍하니 앉아서 생각을 더듬다가도 벌떡 일어서서 서가로 달려가곤 한다.

하지만 지금 단칸셋방 객사인 내 집엔 서가는커녕 책조차 비치한 것이 없다. 좋거나, 나쁘거나 그저 얻을 수 있었던 몇 권의 책이 책상 위에 놓여 있을 뿐, 마음을 끄는 책이라고는 단 한 권도 없다. 책, 지극히 책이 그립다.

고향의 내 서재로 마음을 달린다. 여섯 층으로 된 천정을 찌르는 높다란 서가가 눈앞에 보인다. 거기에 빈틈없고 질서 있게 책들이 나란히 가득 꽂혀 있다. 그러나 그것도 팔아먹고 남은 나머지다. 그러니 그 책에 구미가 동할 리는 더군다나 없다.

나는 또 장 속에 처박아 둔 2, 3개의 서가를 떠올려 본다. 마음이 몹시 허전하다. 한 번씩 눈으로 보았다고는 해도, 내 마음을 살찌워 준 것은 분명 그것들이었다. 그것이 이제 궁여(窮餘, 궁한 나머지)의 일계(一計, 한 가지 꾀)에서 담배 연기로 변해버리고, 빈 서가만 남았거니 하니, 마음의 공허가 더욱 심절(深切, 깊고 절실함)하다. 어쩐지 그 빈 서가는 나 자신인 듯하다. 그래서일까. 내 마음의 공허함을 느끼듯 공허함을 느끼는 것 같은 것이 몹시 걸린다. 그 서가에 가득하던 천여 권의 책을 다시는 채우지 못할까? 아득한 생각이다. 그 부수를 다시 채우기만 하면 그래도 내 마음의 공허도 채워질 수 있을 듯한데, 이제 그것을 임의로 할 수 있을 여유조차 갖지 못하니, 이제 나 자신이 아무렇게나 장 속에 던져둔 서가와도 같다는 생각이 들어 서글프기 짝이 없다.

그리하여 영원히 채울 길 없는 그 서가와 같이 내 마음속에도 티끌과 거미줄만이 쌓이고 그슬리는 가운데 나날이 낡아 빠지는 것만 같다. 밤마다 등하에 고요히 앉기만 하면 나는 마음의 공허를 이렇게 느끼고 마음 구석구석 들어차는 티끌 속에 케케묵어 가는 '나'라는 인간의 존재를 내다보고는 어이없이 웃곤 한다.

눈 오는 거리

_방정환

　눈! 우리들의 친구, 하얀 눈이 올 때가 되었습니다.

　눈은 쏟아질 때도 좋고 쏟아진 후도 좋습니다. 함박 같은 눈이 펄펄 날려 내리는 것을 내다보고 앉아 있으면, 마치 곱고 재미있는 다정한 이야기를 고요히 듣고 있는 것 같고, 나중에는 자신도 그 이야기 속에 나오는 사람이 되고 싶어집니다. 그래서 나는 공연히 밖으로 나가서 눈을 맞으면서 걷습니다.

　눈 오는 날은 마음이 고와집니다. 먼 데 있는 사람이 그리워집니다.

　아무라도 껴안고 싶게 다정해지는 눈 오는 날, 퍼붓는 눈 속에 저무는 거리를 혼자서 걸어가는 재미! 아아, 나는 어릴 때부터 얼마나 눈 쏟아지는 북극의 거리를 그리며 컸는지 모릅니다.

없는 이의 행복

_방정환

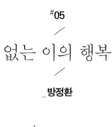

해가 솟는다. 사람들이 가리켜 새해라 하는 아침, 해가 솟는다. 금선, 은선을 화살같이 쏘면서 바뀐 해 첫날의 해가 솟는다.

누리에 덮인 어둠을 서쪽으로 밀어제치면서 새로운 생명의 새해는 솟는다. 오오, 새해다! 새 아침이다! 우리의 새 아침이다. 어둠 속에 갇힌 만상(萬象, 온갖 사물의 형상) 모든 것을 구해내어 새로운 광명 속에 소생케 하는 것이 아침 해이니, 계림 강산에 찬연히 비쳐 오는 신년 제일의 광명을 맞이할 때 누구라 젊은 가슴의 뛰놂을 금할 자이냐!

새해의 기쁨은 오직 아침 햇살과 같이 씩씩한 용기를 가진 사람만의 것이니, 만 근 천만 근의 무게 밑에서도 오히려 절망의 줄을 넘어서려는 이만이, 만 가지 천만 가지의 설움 속에서도 오히려 앞을 향해 내딛는 사람만이, 새 생활을 차지할 수 있는 까닭이다.

용기다. 용기 있는 그만큼밖에 기쁨은 더 오지 않는 것이다. 용기다. 아침 햇살같이 내뻗을 줄만 아는 용기다.

내가 부잣집 자식이니, 돈이 있느냐? 양반집 자식이니, 세력이 있느냐? 네가 태평한 사회에 낳으니, 정해진 업이 있느냐? 무엇에 마음이 끌려서 용기를 못 낼 것이냐? 아무것도 없는 사람의 힘은 여기서 나는 것이니, 어떤 용기를 내는 데도 꺼릴 것이 없고, 어떤 용기를 내도 아까울 것이 없으며, 내서 밑질 것 역시 없지 않으냐.

없는 이의 행복은 여기에 있는 것이다. 한없는 용기 밖에 내놓을 것 없는 데 있는 것이다. 부자가 돈 쓰듯 용기를 내기에 거침없는 데 있는 것이다.

용기다. 용기로 맞이할 우리의 새해다. 아침 햇살보다도 더 씩씩한 용기를 내자! 어두운 구름을 밀쳐낼 용기를 가지자!

아아, 해가 솟는다. 우리의 새해가 솟는다.

#06

겨울밤

_노천명

겨울 날씨란 눈이 좀 내려야 포근한 맛도 있을 법한데, 이렇게 강추위를 당하고 보면 미상불(아닌 게 아니라 과연) 견디어내기가 어려운 것이다. 방장(방문이나 창문에 치거나 두르는 휘장. 흔히 겨울철에 외풍을 막기 위해 친다)을 쳤는데도 워낙 외풍이 세다 보니, 방 안에 앉아서도 이마가 곧 시려 온다. 하긴, 예전의 추위에 비긴다면 아무것도 아닌 셈이다. 한밤중에 어디서 '쨍~' 하는 소리가 나서 무슨 소린가 했다가 아침에 보면 윗목에 놓은 자리끼의 물이 땡땡 언 것을 발견하곤 했었다.

그뿐인가! 학교엘 가보면 정말 발가락이 빠지는 것 같은 추위였다. 길을 가면서 얘기를 하면, 입김이 나와서 굉장하고, 그것이 목에 칭칭 감은 목도리에 고드름이 되어 매달리고, 촌에서 장작을 싣고 들어온 소의 입에서는 여물을 끓이는 가마솥처럼 무럭무럭 김이 나고, 소 턱주가리에는 으레 얼음이 주렁주렁 달려 있었다.

그때는 눈도 많이 왔다. 눈이 묻어 굵다래진 전깃줄을 보면 어린 마음에 그것이 무서운 아침도 있었다.

춥다 춥다 해도 근래에 와서는 한결 덜 추워진 감이 있다. 그것은 사람이 많아진 탓인지, 또는 난방장치들이 전에 비해 잘 되어있는 까닭인지, 그 이유야 어디에 있는지 알 수 없어도 덜 추워진 것만은 확실하다. 그러나 해마다 빠짐없이 거리에서 얼어 죽은 노숙자가 생겨난다. 그러고 보면 아직도 추위가 무서운 것은 사실이다.

겨울이 없는 세상은 생각만 해도 퍽 쓸쓸하다. 나는 겨울을 오월 첫여름 못지않게 좋아한다. 그 이유는 눈이 내리기 때문이다. 눈은 이 땅 위에 흩어진 모든 보기 싫은 것들, 추한 물건을 하얗게 덮어서 우리의 시야를 아름답게 해줄 뿐만 아니라, 마음속의 어지럽고 미운 것들까지도 곱게 덮어주는 것이니, 실로 눈이 오는 날엔 누구에게나 천사가 되어주고 싶다.

사냥꾼은 사냥할 수 있어 눈 오는 것을 좋아한다 치고, 농사꾼들은 보리를 위해 좋아한다는 명백한 이유가 선다지만, 내가 눈 오는 것을 좋아하는 데는 별다른 이유가 없다. 그저 눈이 펑펑 내리면 괜히 좋다. 사무실에서 일하다가도 창밖에 흰나비들 모양 눈발이 날리는 걸 보면 그냥 마음이 흐뭇해지고, 한밤중 싸르륵싸르륵 눈이 내려 쌓이는 소리를 들으면 그냥 잘 수가 없어 불을 켜고 일어나 앉는다. 눈은 내 마음을 이토록 기쁘게 해주는 것이니 내 좋은 친구가 아닐 수 없다. 친구도 오다가다 마음을 상하게 마련이지만 이 자연에서 오는 친구만은 그런 폐단이 없어 더욱 좋다.

좋은 친구를 만났을 때 왜 바보처럼 좋아지는지 설명할 수 없는 것처럼 나 역시 눈이 오면 왜 마음이 즐거워지고 훈훈해지는지 설명할 수 없다. 그렇기에 나는 여름철 바닷가에 별장을 가지고 싶다는 엉뚱한 생각은 하지 않지만, 겨울이면 가끔 초가지붕을 올린 산장을 서울 주변 어디쯤 하나 가졌으면 하는 생각을 해본다. 여기에 호화로운 생각은 애당초 달 필요조차 없다. 이 산장이란 실로 초가삼간이면 족하다. 하나는 내가 집필할 방이요, 또 하나는 이 산장을 지키고 있다가 내가 나가는 날이면 차를 끓여낼 수 있는 늙은이가 거처할 방과 부엌이 있으면 그만이다. 이 정도면 그리 큰 욕망이라고는 할 수 없을 것이다.

몇 시쯤 되었는지 늘 지나가는 찹쌀떡 장수아이가 지나간다.

"찹쌀떠억~ 메밀묵~"하고 빼는 소리는 곧 골목 어딘가에 얼어붙게 생겼고, 거기에는 오늘따라 찹쌀떡을 사라는 단순한 외침이 아니라 뭔가 호소하는 애절함이 묻어있다.

섣달그믐도 가까운 겨울밤이 점점 깊어 가고 있다. 지금쯤 어느 단칸방에서는, 어떤 여인이 불이 꺼지려는 질화로에다 연방 삼발이를 다시 놓아 가면서 오지(붉은 진흙으로 만들어 볕에 말리거나 약간 구운 후 오짓물을 입혀 다시 구운 질그릇) 뚝배기에 된장찌개를 보글보글 끓여 놓고, 지나가는 발소리마다 귀를 열어 놓은 채 사랑하는 사람을 기다리고 있을지도 모른다. 이런 따뜻한 정이 있어 우리의 얼어붙은 마음을 훈훈하게 녹여주는 한겨울은 그래서 더는 춥지 않다.

07

겨울밤의 이야기

_노천명

"좋아하는 눈이 왔어요. 어서 일어나세요."

할멈이 내 창 앞에 와서 이렇게 지껄이는 소리에 얼른 덧문을 열고 내다보니 눈보라가 날리고 있어, 내가 또 싱겁게 좋아했더니, 저녁부터 날씨가 갑자기 쌀쌀해지고 말았다. 방이 외풍이 세서 어제오늘로 부쩍 병풍이 생각나고 방장 만들 궁리를 한다. 시골집에서 어머니가 쓰시던 낡은 병풍을 가져올까 싶다.

어머니는 그 병풍을 치고 내가 홍역을 할 때 밤을 꼬빡 새며 얼굴에 손이 못 올라가게 지키셨다고 들었다. 지금 그것을 내 방에다 가져다 치고 보면, 내 생각은 전에 어머니와 아버지가 계시던 우리 집으로 돌아갈 수 있을 것이다.

불타산 뾰족한 멧부리(산등성이나 산봉우리에서 가장 높은 꼭대기)들이 둥글게 묻히도록 눈이 와 쌓일 때면, 아버지는 친구들과 곧잘 노루

사냥을 떠나셨다. 그때나 지금이나 몸이 약한 내게 노루 피를 먹이기 위해서였다. 그러는 통에 하루에도 몇 차례씩 사랑에 나가 돈을 달라며 조르던 나는 온종일 아버지에게 다가가지 못하고 숨어서 상노(床奴, 밥상을 나르거나 잔심부름을 하는 어린아이)더러 아버지한테 가서 돈을 받아오라고 울고 매달린 적도 있었다.

어려서 나는 어머니보다 아버지를 더 따랐다. 술을 못 하시는 아버지가 늘 사랑에 가 조용히 앉아서 골패(납작하게 생긴 노름기구)를 떼시던 것이 지금도 눈에 선하다. 그 골패 섞는 소리가 왜 그렇게 듣기 좋았는지.

이렇게 객지 생활을 하고 나이를 차츰 먹고 보니, 어머니가 계셨더라면 하는 생각이 간절하다. 늦도록 부모를 모실 수 있다는 것은 분명히 행복한 일이다. 그런데 부모를 여의고 나서야 어버이 귀한 줄을 통절히 느낀다는 것은 이 무슨 안타까운 일이랴.

잠이 안 오는 밤이면 동화 같은 옛일이 머릿속에 피어오른다. 겨울밤은 길고, 내 마음은 구성진데, 비를 머금은 날이 밤새도록 기차 바퀴 소리를 들려주면 실로 나는 어떻게 해야 좋을지를 모른 채 차라 레안더(Zarah Leander, 스웨덴의 가수 겸 여배우)가 〈남녘의 유혹〉에서 느낀 것 같은 향수에 한없이 빠져든다. 이런 시간이란 어찌 보면 청승스럽게도 보이지만, 실은 그 위에 가는 사치가 다시없을지도 모른다.

진실로 잔인하게 나는 이것을 즐긴다. 어떤 다른 환경을 갖는다고 하더라도, 내 가슴에 지니는 향낭(香囊, 향주머니)은 없어도 견딜 수 있지만, 이 '페이소스' 없이는 견디지 못할 것 같다. 실상, 인생에 이 비애가 없다면 심심해서 어떻게 배겨내랴.

　언제나 마음 한구석에다 고독을 지니고 다니는 하이칼라는 없는가? 이런 친구를 만난다면 내가 아끼는 신비로운 이 긴 밤을 그 친구와 함께 화롯가에서 얘기를 뿌리며 밝혀도 좋겠다. 낡은 시계 소리를 들으며 나는 이 밤이 한없이 아깝다.

08

눈 오는 밤

_노천명

눈이 와서 실로 좋은 밤이다. 이렇게 소리 없이 눈이 자꾸 내리는 저녁엔 좋은 친구를 찾아가 좋은 얘기를 나누다가 눈길을 걸어 늦게 집으로 돌아가고 싶은 밤이 아닌가? 그러나 눈이 내려 좋은 밤에 나는 좋은 얘기를 갖추지 못해 이 저녁이 거미처럼 구성지구나!

어둠 속에 핀 눈이 퍼뜩퍼뜩 유리창에 부딪히고는 소리 없이 녹아내린다. 눈은 확실히 비보다 좋다. 눈보라가 치는 것을 보면 나는 그 함박눈을 맞으며 머언 길을 떠나고 싶은 충동을 느낀다.

내가 이 세상을 떠나는 날도 장미나 백합화로 장식해주는 대신 눈을 맞으며 가는 호사를 누렸으면 싶다.

나는 지금 무슨 책을 읽는 것도 아니요, 그렇다고 깊은 생각에 잠겨 있는 것도 아니다. 때로는 이렇게 무심한 시간을 가져 보는 것도 좋다.

벽에 걸린 사진이 오늘따라 변덕스럽게 보기가 싫어졌다. 내일 이것을

떼어 내릴 계획을 한다. 누이에게 주겠다며 동경에서 여기까지 가지고
나와 손수 걸어 주고 간 동생의 정성이 새삼스럽게 생각난다.

09

설야산책

_노천명

　저녁을 먹고 나니 펏뜩펏뜩 눈발이 날린다. 나는 갑자기 나가고 싶은 유혹에 눌린다. 목도리를 머리까지 푹 눌러 쓰고 기어이 나서고야 말았다. 나는 이 밤에 뉘 집을 찾고 싶지는 않다. 어느 친구를 만나고 싶지도 않다. 그저 이 눈을 맞으며 한없이 걷는 것이 오직 내게 필요한 휴식일 것 같다. 끝없이 이렇게 눈을 맞으며 걸어가고 싶다. 이 무슨 저 북유럽 노르웨이에서 잡혀 온 처녀의 향수이랴.

　눈이 내리는 밤은 내가 성찬을 받는 밤이다. 눈이 이제 제법 대지를 하얗게 덮었고, 내 신 바닥이 땅 위에 잠깐 미끄럽다. 숱한 사람들이 나를 지나치고, 나 또한 그들을 지나치건만, 내 어인 일로 저 시베리아의 눈 오는 벌판을 혼자 걸어가고 있는 것만 같으냐. 가로등이 휘날리는 눈을 찬란하게 반사할 때마다 나는 목도리를 푹 쓴다. 이제 그만 집으로 돌아가야겠다고 느끼면서도 내 발길은 좀체 집으로 향하지 않는다.

기차 바퀴 소리가 유난히 크게 들린다. 어디로 향하는 것일까. 우울한 찻간이 머리에 떠오른다. 그 속에 앉아 있을 형형색색의 인생들—기쁨을 안고 가는 자와 슬픔을 받고 가는 자—을 한자리에 태워서 이 밤을 뚫고 달리는 기차. 바로 지난해 정월 어느 날 저녁, 의외의 전보를 받고 떠났던 일이, 기어이 슬픈 일을 내 가슴에 새기게 한 일이 생각나며, 밤 기차 소리가 소름 끼치도록 무서워진다.

이따금 눈송이가 뺨을 때린다. 이렇게 조용히 걸어가고 있는 내 맘속에 사라지지 못할 슬픔과 무서운 고독이 몸부림쳐 거의 견디어 내지 못할 지경인 것을 아무도 모를 것이다. 이리하여, 사람은 영원히 외로운 존재일지도 모른다.

뉘 집인가 불이 환히 켜진 창 안에선 다듬이 소리가 새어 나온다. 어떤 여인의 아름다운 정이 여기도 흐르고 있음을 본다. 고운 정을 베풀려고 옷을 다듬는 여인이 있고, 이 밤에 딱다기(통행금지가 있던 시절 야경꾼들이 들고 다니던 나무토막. 두 개를 치면 '딱' 소리가 난다고 해서 나온 이름)를 치며 순찰을 돌아 주는 이가 있는 한, 나도 아름다운 마음으로 돌아가야 할 것이다.

머리에 눈을 허옇게 쓴 채, 고단한 나그네처럼 나는 조용한 내 집 문을 두드렸다. 눈이 내리는 성스러운 밤을 위해 모든 것은 깨끗하고 조용하다. 꽃 한 송이 없는 방 안에 내가 그림자같이 들어옴이 상장(喪章)처럼 슬프구나.

창밖에선 여전히 눈이 싸르르 내리고 있다. 저 적막한 거리거리에 내가 버리고 온 발자국들이 흰 눈으로 덮여 없어질 것을 생각하며, 나는 가만히 누웠다. 회색과 분홍빛으로 된 천장을 격해놓고, 이 밤에 쥐는 나무를 깎고, 나는 가슴을 깎는다.

10

세모단상(歲暮斷想)

_노천명

　일전에 어느 잡지사에서 고료를 받아 넣고 돌아다니던 길에 친구를 오래간만에 만났다. 나는 자신 있게 어디 가서 점심을 같이하자고 했다. 국숫집! 그러다가 고른 것이 명동 모 중국 요정이었다. 들어서니, 마침 점심 시간이라 사람들이 그득 찼다. 겨우 빈 테이블을 하나 발견하고 친구와 나는 걸터앉았다.

　무심히 음식을 시켜 놓고, 더운 차를 마시며 중국 보이들을 바라보고 있다가 잠에서 깨는 듯이 나는 정신이 퍼뜩 드는 것을 느꼈다. 국수 한 대접, 만두 한 그릇을 사는 한에서라도 우리 조선집에서 먹지, 왜 중국집의 것을 팔아주어서 남의 주머니를 불려주나 싶었다.

　주위를 돌아보니, 모두 조선 사람이다. 테이블마다 벌어진 요리는 간단한 점심 정도가 아니라 값비싼 음식들로 너저분하다. 큰 요릿집이 되어서 그런지 손들이 모두 고급이다.

'아차, 잘못했구나!' 이처럼 절실히 느끼는 것이 근래 두 번째인 것 같다.

얼마 안 되어 우리 상에도 주문한 음식이 날려져 왔다. 그런데 그때 우리 테이블을 스치고 세탁장이가 지나갔다. 가만 보니 세탁할 것을 한 아름 움켜 안고 나가는데 말씨와 모든 것이 중국 사람임이 틀림없었다. 이것을 본 친구는,

"저것 봐요, 저 사람들은 세탁을 줘도 꼭 저이 나라 사람에게 주거든, 남의 나라 사람 주머니를 불려주지 않아요. 민족성이 참……"

나는 말없이 고개를 끄덕거렸다. 요기를 하는 둥 마는 둥 하고 우리는 나와 버렸다.

찬바람이 옷자락을 날린다. 김장 쓰레기를 내다 버린 데서 거지도 아닌 어떤 영감님이 무청을 골라 줍고 있다. 장관들은 정말 한 달이면 서른 날은 자동차만 타고 다닐 것이 아니라, 한 주에 한 번쯤은 골목길을 걸어 다니면서 민생고를 타진하는 좋은 시간을 갖는 것도 좋으리라.

친구를 다방에 남겨두고, 나는 혼자 거리를 걸으며 속으로는 또 집 걱정을 한다. 어디서 떠들어온 전재민(戰災民, 전쟁으로 재난을 입은 사람)도 아닌데 집 걱정을 해야 한다는 것은 내가 못난 소치밖에 아무것도 아닐 것이다. 분명 그렇다. 적산(敵産, 자기 나라나 점령지 안에 있는 적국의 재산) 가옥을 얻고도 또 사업을 해서 어마어마한 건물을 소유하고 있는 친구들도 있거늘, 해방 후 나는 무엇을 했나. 내 시의 세계에 다른 불순한 것이 들어오지 못하게 지킨 것밖엔 실로 아무것도 없다. 억세게 밀치고 짓밟고 하는 틈에 섞일 흥미가 나지 않았다. 그렇다고 문을 꼭 닫고 남이 신

음하는 것을 못 듣거나 짓밟히는 것을 안 보고 혼자 평온한 심경에 있었던 것도 아니다. 그 신음은 바로 내 소리였는지도 모른다.

저물어가는 거리에서 오늘도 나는 우울한 군상에 섞여 말없이 걷는다.

* 세모(歲暮) - 그 해가 저무는 때. 즉, 세밑

11

그믐달

_나도향

나는 그믐달을 몹시 사랑한다.

그믐달은 너무도 요염하여 감히 손을 댈 수도 없고 말을 붙일 수도 없이 깜찍하게 예쁜 계집 같은 달인 동시에 가슴이 저리고 쓰리도록 가련한 달이다.

서산 위에 잠깐 나타났다 숨어 버리는 초승달은 세상을 후려 삼키려는 독부(毒婦)가 아니면, 철모르는 처녀 같은 달이지만, 그믐달은 세상의 갖은 풍상을 다 겪고 나중에는 그 무슨 원한을 품고서 애처롭게 쓰러지는 원부(怨婦, 남편이 없어 슬퍼하는 여자)와 같이 애절하고 애절한 맛이 있다. 보름의 둥근 달은 모든 영화와 끝없는 숭배를 받는 여왕 같은 달이지만, 그믐달은 애인을 잃고 쫓겨난 공주와 같은 달이다.

초승달이나 보름달은 보는 이가 많지만, 그믐달은 보는 이가 적어 그만큼 외로운 달이다. 객창한등(客窓寒燈, 객창에 비치는 쓸쓸하게 보이는 등불이란 뜻으로, 외로운 나그네의 신세를 말함)에 정든 임 그리워 잠 못 들어 하는 분이나, 못 견디게 쓰린 가슴을 움켜잡은 무슨 한 있는 사람 아니면, 그 달을 보아주는 이가 별로 없는 것이다.

그는 고요한 꿈나라에서 평화롭게 잠든 세상을 저주하며 머리를 풀어 헤치고 우는 청상(靑孀, 젊어서 남편을 잃고 홀로 된 여자)과 같은 달이다. 내 눈에는 초승달 빛은 따뜻한 황금빛에 날카로운 쇳소리가 나는 듯하고, 보름달을 쳐다보면 하얀 얼굴이 언제든지 웃는 듯하지만, 그믐달은 공중에서 번쩍하는 날카로운 비수와 같이 푸른빛이 있어 보인다.

내가 한 있는 사람이 되어서 그러한지는 모르되, 내가 그 달을 많이 보고 또 보기를 원하지만, 그 달은 한 있는 사람만 보아주는 것이 아니라, 늦게 돌아가는 술주정꾼과 노름하다 오줌 누러 나온 사람도 보고, 어떤 때는 도둑놈도 보는 것이다.

어떻든지, 그믐달은 가장 정 있는 사람이 보는 중에, 또는 가장 한 있는 사람이 보아주고, 또 가장 무정한 사람이 보는 동시에 가장 무서운 사람들이 많이 보아준다.

내가 만일 여자로 태어날 수 있다면 그믐달 같은 여자로 태어나고 싶다.

#12

눈 내리는 황혼

_채만식

잿빛으로 흐린 하늘에서 잔 눈발이 분주히 내린다. 내리는 눈발을 타고 어두운 빛이 소리도 없이 싸여 든다. 다섯 시도 채 안 되었는데─

모두 다 돌아가고 없는 사무실은 태고(太古, 아주 먼 옛날)처럼 고요하다. 등 뒤에 새빨갛게 단 난롯불은 볼 때마다 매력이 있다…… 꽉 그러안고 싶을 만큼.

그래도 눈이 왔노라고 유리창 바로 앞에 서 있는 전나무 바늘잎에 반백로(頒白老)의 머리처럼 눈발이 쌓여 있다.

마당 건너 판장(널빤지로 친 울타리) 밖으로 두부 장수가 울면서 지나간다.

"두부나 비지 사─"

가는눈 내리는 황혼에 가장 알맞은 구슬픈 소리다.

마당 옆에 잊어버리고 놓아둔 듯이 따로 놓인 생철지붕 굴뚝에서 파르

스름한 연기가 시장스럽게 솟아오른다.

남산은 감감하여 봉우리만 희미하게 내어다 보인다.

기와집에는 고랑만 하얗게 줄이 졌다.

문자 그대로 알몸만 남은 앞마당의 은행나무 가지에 참새가 한 마리…… 단, 한 마리만 오도카니 앉았다. 갈 곳이 없나? 재잘거리지도 않고, 새침하게 앉았다가 무엇을 생각하였는지 호르르 날아 건너편 집 지붕 너머로 사라진다. 그래도 참새는 갈 곳이 있는 게지.

눈발이 좀 굵어진다. …… 굵은 놈이 잔눈발에 섞여 내린다.

황혼은 한 겹 두 겹 더욱 짙어간다.

눈도 더욱 바쁘게 내리고, 난롯불도 더욱 새빨갛게 달아간다. 사람의 마음도 그침 없이 깊이 들어간다.

이 모양, 이 자태가 변함없이 영원으로 이어진다면!

이 '비극의 표정'을 이대로 영원히 두고 보고 싶다.

13

동면(冬眠)

_채만식

곰은 가을이면 도토리나무엘 올라가서 도토리 열매를 따 먹고, 배야 터지거나 말거나 실컷 따 먹고 또 따 먹고, 그러면서 간간이 한 번씩 땅으로 툭 떨어져 보고 떨어져 보고 한다는 이야기가 있다. 그러다가 마침내 살이 찔대로 쪄서 암만 떨어져도 아픈 줄 모를 정도가 되면, 그제야 굴속으로 깊이 들어가 삼동 내내 발바닥을 핥으면서 그 한겨울을 난다고…… 천하에 미련한 놈이지만, 그것 하나만은 대단히 부러운 재주 같다.

좀이나 좋나.—

봄, 여름, 가을, 이렇게 철 좋은 시절만 살고서 가을이거들랑 도토리 열매나 배불리 따 먹으면서, 가끔 땅 위로 떨어져 보기나 하면서 살을 찌워서는 겨울 한 철일랑 추위 모를 굴속에 가만히 들어앉아 심심풀이로 발바닥이나 핥고…… 그게 인간으로 치면 발바닥을 긁는 요량일 테지…… 그러고 나서, 이윽고 봄이 오면 기지개를 불끈 켜면서 다시 기어 나오고…… 참으로 팔자하고는, 곰의 팔자가 천하제일이다.

인간도 (이건 나를 두고 하는 말인데) 어떻게 곰처럼 혹은 또 개구리처럼 아주 입을 봉해버리고서 겨울 한 철을 동면하는 재주를 부리는 재주는 없는지, 엄동의 무서운 발걸음 소리가 차차 가까이 들림에 따라, 요새는 그게 실없이 연구 거리가 되다시피 했다.

신문은 올여름이 몹시 더웠으니, 겨울은 몹시 추우리라는 무시무시한 소리를 연신 해된다. 그렇지 않아도 내게는 세상 무거운 게 겨울이요, 추위인데 말이다.

나는 섬에서 살아 보지 못한 탓에 풍랑의 무서움이 어떤지 모른다. 또한 산중에서 나지 못한 덕에 동물원엘 가면 호랑이가 테리어(개의 품종 중 하나)만큼이나 만만하고 사랑스럽다. 호랑이가 들입다 '어흥!' 소리를 치면서 주홍 같은 입을 벌리고 달려들어 인간을 해하다니, 괜한 거짓말…… 아, 그러거들랑 발길로 콱 걷어차든지 몽둥이로 한 대 갈기면 고만일 것만 같다.

생후 지금껏 병화(兵禍, 전쟁으로 인한 재화)를 겪은 일이 없고, 더구나 근대 전쟁에 있어서 후방의 비전투원에게 가장 전율을 준다는 공습도 천행으로 런던이나 파리의 시민이 아니었기 때문에 경험하지 못했다. 그야 물론 무엇이냐가 범 무서운 줄 모른다는 꼭 그 격이지만, 아무튼지 그래서 지금 생각으로는 천하에 무서운 건 추위요, 겨울이다.

이제부터 시작하여 섣달, 정월, 이월, 그리고 삼월까지는 추위에 몰려 옴짝 못하고서 달달 떨어야 할 이 삼동이, 바라보기만 해도 큰 준령(峻嶺,

높고 가파른 고개)이 앞을 막는 듯 기가 딱 질린다. 그나마 올겨울을 죽는 시늉을 하면서 가까스로 치르고 나면 내년엔 또 내년 겨울이 있고, 내내년엔 내내년 겨울…… 내내 내년엔 내내 내년 겨울…… 아아! 생각할수록 머리가 득득 긁힌다.

평생을 두고 해마다 한 번씩 의무처럼 그 곡경(曲境, 몹시 힘들고 어려운 처지)을 치르느니, 차라리 어디 사시사철 따뜻한 곳으로 도망이라도 가고 싶다. 아니면, 동·남·서 삼면과 지붕을 자외선 초자(硝子, 유리)로 인 집을 한 채 널찍하게 지어놓고 그 속에서 겨울을 나던지…… 하지만 그도 저도 못할 형편이니, 궁리한다는 게 동면이다. 동면을 안 한다는 건 인류의 지행(至幸, 매우 다행스러움)일지도 모르겠으나, 내게는 아무래도 불행이다.

#14

명태

_채만식

근일 품귀로, 이하 한갓 전설에 불과한 허물은 필자가 질 바아니다.

명천 사는 태가가 비로소 잡아 팔았다고 해서 왈, 명태요, 본명은 북어요, 혹 입이 험한 사람은 원산 말뚝이라고도 칭한다.

수구장신(瘦軀長身, 키는 크지만 몸이 마름), 피골이 상접, 한 삼 년 벽곡(僻穀, 곡기를 끊음)이라도 하고 온 친구의 형용(形容, 사람의 생김새나 모습)이다.

배를 타고 내장을 싹싹 긁어내어 싸리로 목줄띠를 꿰어 첫소리가 나도록 바싹 말랐다. 눈을 모조리 빼었다. 천하에 이보다 더한 악형(惡刑, 모질고 잔인한 형벌)도 있을까. 모름지기 명태 신세는 되지 말 일이다.

조선 십삼 도(道) 방방곡곡 명태 없는 곳이 없다. 아무리 궁벽한 산골이라도 구멍가게를 들여다보면 팔다 남은 한두 쾌(북어를 묶어 세는 단위. 한 쾌는 북어 스무 마리)는 있다. 하다못해 몇 마리라도 퀴퀴한 먼지와 더

불어 한구석에 놓여 있다. 이로써 조선 백성이 얼마나 명태를 흔하게 먹는지 미루어 알리라. 그리고 보면 우리 식탁에 오르는 것 중, 명색이 어육(魚肉)이라 칭하는 것 가운데 명태만큼 만만한 것도 없을 것이다. 진수성찬으로 차리는 잔칫상에도 오르고, "쯧, 고기는 해서 뭐해! 명태나 한 마리 사다가……." 하는 쯤의 허술한 손님 대접의 밥상에도 오른다.

사람이 먹고, 산사람 대접만 하는 것이 아니라 경(經, 무당이나 박수가 사람의 액을 쫓거나 병을 낫게 할 목적으로 외는 기도문과 주문) 읽는 경상(經床, 경을 올려놓는 책상)에도 명태 세 마리는 반드시 오르고, 초상집에서 문간에다 차려놓는 사잣밥 상에도 짚신 세 켤레와 더불어 명태 세 마리가 반드시 오른다. (그런 걸 보면 귀신도 조선 귀신은 명태를 좋아하는 모양이다.)

어린 아들놈을 처가에 세배 보내면서 떡이야, 고기야 장만하기가 번폐(煩弊, 번거로운 폐단)하면, 명태나 한 쾌 사다 괴나리봇짐을 해서 지어 보내기도 하고, 바깥양반이 출입했다가 불시로 들어온 저녁 밥상에 시아버님 제사 때 쓰려고 벽장 속에 매달아 두었던 명태 두 마리를 아낌없이 꺼내다가 국 끓이는 아낙도 종종 있다.

상갓집 경촉(經燭)에다 명태 한 쾌 얼러(함께) 부조하기도 하고, 섣달 세밑에 듬씬 세찬을 가지고 들어온 소작인에게 한 쾌씩 들려주어 보내는 후덕한 지주도 더러 있다. 그리고 보면 명태란, 요즘 케이크 한 상자, 과일 한 꾸러미 이상으로 이용이 편리한 물건인가 싶다.

망치로 두드려 죽죽 찢은 후 고추장이나 간장에 찍어 막걸리 안주로는 더 이상 없는 것이 명태다. 쪼개서 물에 불렸다가 달걀을 씌워 제사상에 괴어놓는 건 전라도 풍속. 서울에서는 선술집에서 흔히 보는바, 찜이 최고가는 명태 요리일 것이다.

잘게 펴서 기름장에 무쳐 놓으면 명태 자반이요, 굵게 찢어서 달걀 풀고 국 끓이면 술국으로 일미다.

끝으로 군소리 한마디.

사십 년 전인지, 오십 년 전인지 북미로 이민을 떠난 조선인 두 사람이 하루는 어디서 어떻게 하다가 명태 세 마리가 생겼더란다. 오래 그리던 고토(故土, 고향)의 미각인지라 항용(恒用, 흔히 늘) 생각하기에는 보는 그 즉시 당장 먹어 치웠겠거니 생각하겠지만, 부(否, 아님)! 두 사람은 그것을 놓고 앉아서 보기만 했다고.

마음에 남는 풍경

_이효석

삼월 풍경같이 초라한 것은 없다. 아직 봄도 아니요, 그렇다고 겨울도 아닌 반지빠른(말이나 행동 따위가 얄밉도록 민첩하고 약삭빠름) 시절 이기 때문이다. 풀이 나고 꽃이 필 때도 아직은 멀고, 나뭇가지의 흰 눈은 알뜰히 사라져 버렸고, 이것도 아니고 저것도 아닌 반지빠른 풍경이 눈 앞에 있을 뿐이다. 초라한 가운데 한 가지 아름다운 것이 있으니 하얀(白 楊) 나무의 자태다.

아침 일찍 출근하는 날이면 나는 대개 신문실 창기슭에 의지하여 수난 로(水煖爐)에 배를 대고 행길 건너편 언덕 위의 백양나무 무리를 바라봄 이 일쑤다. 희고, 깨끗하고, 고결한 그 자태는 아무리 바라보아도 싫어지 지 않는다. 그 무슨 그윽한 향기가 은은히 흘러오는 듯도 한 맑은 기품이 보인다. 나무치고 백화(白樺)나 백양만큼 아름다운 나무는 없을 법하다.

이 두 가지 나무를 수북이 심어 놓은 넓은 정원을 가진 집에 살아 보았으면 하는 것이 소원이다. 그러나 아직 원대로 못되니 학교 창으로나 맞은편 풍경을 실컷 바라보자는 심정이다.

요 며칠째 백양나무 아래편 행길(사람이 많이 다니는 큰 길) 위를 낯선 행렬이 아침마다 지나간다. 불그칙칙한 옷을 입고 사오 명씩 떼를 지어 벽돌 실은 차를 끌고 어디론가 가는 형무소의 한 패다. 아마도 형무소 안의 작업으로서 구운 벽돌을 주문받아 소용(所用, 쓸 곳)되는 장소까지 배달 가는 것인 듯하다. 한 줄에 매였건만, 그 걸음들이 몹시 재서(빠름) 수레와 함께 거의 뛰다시피 하고 있었다.

행렬은 길고, 바퀴 소리는 아침거리에 요란하다. 군데군데 끼어 바쁘게 걷는 간수들은 수레를 모는 주인이 아니요, 도리어 수레에게 끌려가는 허수아비인 셈이다. 그렇게도 종종걸음으로 그 바쁜 일행을 부지런히 좇아가지 않으면 안 되는 듯이 보인다. 아침마다 제 때에 그곳에는 그 긴 행렬이 변함없이 같은 모양으로 펼치곤 하였다.

그런데 하루아침, 돌연히 그 행렬에 변화가 생겼다. 구르는 수레 바로 뒤에 섰던 동행 한 사람이 어찌 된 서슬인지 별안간 걸어가던 그 자리에서 푹삭 고꾸라지는 것이 멀리서 보였다. 창에 의지한 채 이 모습을 지켜보고 있던 나는 무슨 영문인가 하고 뜨끔하여서, 나도 모르는 결에 고개를 창밖으로 내밀었다. 그가 고꾸라졌을 때 간수는 미처 일어나지도 못하고 쓰러진 채 그대로 수레에게 끌려 한참 동안이나 쓸려 갔다. 아마도 몸이 처음부터 수레에 매어져 있었던 모양이다.

이상한 것은 곁에 있던 간수가 끌려가는 그를 좇아 재빠르게 달려가는 것이었다. 그것은 마치 쓰러진 사람을 거들어 일으키려는 것 같았다. 그러나 어찌 된 서슬인지 쓰러졌던 사람이 별안간 벌떡 일어서서 여전한 자태로 수레를 따라가자, 간수는 이번에도 역시 그의 곁에 가까이 서게 되었다.

변이라는 것은 그것뿐이었다. 그러나 이 삽시간의 조그만 사건은 웬일인지 마음속에 깊이 박혀 쉬이 사라지지 않는다.

이상한 것은 쓰러진 사람과 간수와의 관계다. 간수의 조급한 행동은 단순히 쓰러진 사람을 일으키자는 것이었는지, 그렇지 않으면 도리어 그를 문책하자는 것이었는지, 그것도 아니면 당초에 그가 쓰러지게 된 것조차도 실상인즉, 간수의 문초 탓은 아니었는지 도무지 알 수 없기 때문이다.

이렇게 의아해하고 있는 동안 행렬은 어느 틈에 시야에서 완전히 벗어나 버렸다. 참으로 이상한 한 폭의 풍경이었다. 어찌 된 동기의 사건인지 그 까닭을 모르겠으므로 말미암아, 그 풍경은 한층 더 신비성을 더해 가고 수수께끼를 던져준다. 하지만 아무리 생각해도 그 곡절을 모를 노릇이다. 그 조그만 풍경이 오래도록 마음속에 남아 쉽사리 꺼지지 않는 까닭이다.

세월

_이효석

─ 작금 인물 왕래

짧은 몸매, 단정한 용모에 어디론지 분주히 걸어가는 W씨를 골목에서 만나면,

"또 한 군데 결혼 주례를 맡았답니다. 지금 식장으로 가는 길인데—"

라며, 조금 잰 어조로 그날의 용무를 말한다. 살펴보면 주례의 성장(盛裝, 성의로 차려입음. 또는 그런 차림새)으로 예복을 입은 것도 아니요, 평복의 자유로운 자태다.

"이젠 아주 거리의 주례를 도맡아 하시게 됐군요. 언젠가도 만났더니 그 말씀이시더니."

"어느 것이 본업인지 모르게 됐어요. 일껏 부탁하는 걸 거절할 수도 없는 노릇이고. 나이도 이젠 주례 감밖엔 안 되나 봐요. 들러리 서 본 것이 벌써 까만 옛날이군요. 자, 그럼 실례합니다. 시간이 좀 촉박해서."

젠걸음으로 휘적휘적 멀어져 가는 그의 뒷모습을 바라보노라면 주례사 하나는 꼭 떼놓은 규격이다. 사실 현재 그가 일을 맡아보고 있는 도서관장 업무와 어느 것이 본업인지 보는 사람도 가릴 수 없을 정도다. 언제부터 그렇게 됐는지도 모른다. 나뭇잎이 천연스럽게 노랗게 물들 듯이 모르는 결에 그렇게 되고 말았다.

문과 과장으로 있을 때 낡은 노트로 역사를 강의하고, 잡무에 휘둘리고, 강당에서 기도하고 설화하고— 그러던 시대도 한 옛날이 되었다. 그 후 도서관 관장으로, 주례로 나서게 된 것이 불과 수삼 년 내의 일이면서도 긴 세월이라는 착각을 준다. 물결의 기복이 큰 까닭일까. 하지만 그의 자태는 직무가 무엇으로 변하든지 극히 자연스럽다. 과장으로 있을 때는 과장다웠고, 관장으로 있을 때는 관장답고, 주례로 분장하면 또 주례다운 것이다. 그의 심경도 그렇게 자연스럽게 아무 거칠 것 없이 변해온 것일까.

도서관에 역사서 교시(敎示, 길잡이로 삼는 가르침)를 받으러 가면 고 대사의 토막토막을 조예(造詣, 학문이나 예술, 기술 따위의 분야에 대한 지식이나 경험이 깊은 경지에 이른 정도)를 기울여 장황하게 가르쳐준다. 특히 일설(一說, 어떤 하나의 주장이나 학설)인 사재(史材, 사료. 즉, 역사 연구에 필요한 문헌이나 유물)에는 비길 바 없을 정도다.

"요새 역사를 공부하는 분이 부쩍 는 것은 대단히 기쁜 일이에요. 암, 역사는 배워야죠. 역사를 배우면, 첫째, 마음이 편안하고, 둘째, 앞을 헤아릴 수 있고— 일종의 종교적인 해오(解惡, 도리를 깨달아 앎)를 주는 신통한 학문이죠. 차례차례 시대를 밟아 인류의 행적을 살피노라면 성전이나 경서를 읽을 때와 마찬가지로 마음이 가라앉는 것을 느껴요. 어느 시대의 어느 부분이든지 좋죠. —아무렴, 좋고말고요. 기어이 읽어야죠. 영광과 부끄럼을 함께 잡을 수 있는 거울이에요, 역사는."

입이 잰 까닭에 자연 말도 많다. 잠깐에도 그의 입을 벗어져 나오는 말은 무려 백 어, 천 어—그 한 마디 한 마디가 사람을 끌고야 만다. 모두가 필요한 말이다. 불필요한 말은 거의 없는 것이다.

"장서를 정리해 보는 중인데, 없어진 책이 퍽 많아요. 그래서 앞으로는 관 밖으로 대출을 금지할 생각입니다. 책을 사랑하는 건 좋은데, 한번 빌려 갔으면 돌려줄 줄 알아야죠. 왜 그리 독점하려고 하는지. 책을 사랑해서 그러는 건 기특한 일이에요. 하지만 소홀히 해서 아주 잊어버리는 건 도저히 용서할 수 없는 악덕이에요. 아무렴 악덕이죠. 그렇다고 누가 안 빌려주는 것은 아닙니다. —언제까지든지 두고 보세요. 흡족히 참고 될 때까지 두고 읽으세요. 아무 때나 가져오셔도 좋습니다. 조금도 염려하실 게 없어요."

이것도 물론 필요한 말인 것이다. 관장으로서의 책무상 소홀히 할 수 없는 노릇이다. 그는 대단히 분망하다(奔忙——, 매우 바쁨). 사시장철(사철 중 어느 때나 늘) 마음과 직무가 분주해서 한시도 영가(寧暇, 편안한 겨를)가 없어 보인다.

한 테두리 나이의 낙차는 있으나 K씨도 한번 결혼의 주례를 서 보았다고 한다. 친구 딸의 혼인날 끌려나가 어쩔 수 없이 예단(禮壇, 예식을 올리는 단)에서 장엄한 어조로 인생의 성전을 들어 행했다는 것이다.

"벌써 주례를 설 나이가 됐단 말인가. 대체 올해—"

"사십이불혹(四十而不惑)이라는데 주례인들 못 하겠나."

"어느새 사십인가. 불혹이라니, 아름다운 신부의 자태를 봐도 유혹을 느끼지 않는단 말이지. 명예로운 사십이야."

"하긴 나도 감개무량하네. 벌써 내게 그런 부탁이 들어올 줄 누가 알았겠나. 일껏 부탁하는 걸 사절할 수도 없는 노릇이고."

마지막 한마디가 W씨의 어투와 흡사한 것도 흥미 있는 일이다.

"거의 술타령을 하지 않는 날이 없으면서, 그래 그 주제에 신성한 결혼의 주례를 할 자격이 있단 말인가?"

"사실 이 낯으로 부끄럽긴 해. 하지만 난 이것을 인생의 절차라고 생각하네. 차례차례 겪어 가는 절차라고. 엄벙덤벙 놀고 있는 동안 벌써 이 절차에 이른 것이 부끄럽기도 하고 서글퍼서 못 견디겠단 말이야. 야심도 어디론지 사라져 버리고, 청춘도 먼 옛날로 뒷걸음질 쳐 갔어. 인제 연애라곤 생각할 엄두도 못 내게 됐으니."

사십의 탄식이라는 것이 조금 이른 듯하나, 그의 자탄은 실감에서 우러나옴인지 사실 처량하게 들린다.

한동안 커다란 연애 사건으로 세상을 떠들썩하게 해놓고, 귀찮은 바람에 교직에서까지 물러나서 조그만 회사의 중역으로 사십 고개를 맞게 된 그의 심경으로는 응당 그럴 법도 하긴 하다.

그러나 야심과 청춘 사람이 — 이 두 가지를 그렇게 수월하게 단념하고 잊을 수 있단 말인가.

친구 딸의 주례를 서는 그에게도 적령(適齡, 어떤 표준이나 규정에 알맞은 나이)의 자녀가 있을 때, 사십이라는 실감이 얼마나 절실할지 미루어 헤아리기에 족하다.

하루아침, 그를 찾은 친구에게 집 안에서 나온 한 청년을 소개해 가로되,

"내 사월세. 잘 지도해주게."

친구도 놀랐거니와 그의 마음도 절대 편하지만은 않았을 것이다. 친구의 눈에는 그나 그의 사위나 별반 나이 차가 있어 보이지 않았기 때문이다. 그러나 그것은 친구 자신이 그와 같은 세대이기 때문인지도 모른다. 남는 것은 엄연한 사실뿐이다. 자주 발을 들여놓는 술집에서 사랑하는 아들의 자태를 발견할 때 아버지의 심정이 어떤 것일지, 그런 감정까지 남보다 일찍 경험하게 된 그는 확실히 뭇 친구들을 앞서서 인생의 걸음을 재촉한 사람일 듯하다.

"모든 것이 삽시간에 온 것만 같네. 중간은 떼어 버리고 처음과 끝만이 있는 것 같아. 청춘이 언제 지났는지, 이제 있는 건 이 사십의 오늘뿐이야. 주례요, 아버지요, 장인인 오늘뿐이야. 아, 인생! 빨리도 저문다. 서글프다, 서글퍼."

그러고 보면 세상에서 가장 엄한 것도 세월이려니와 절대적인 고집쟁이도 세월인 듯하다.

강경애

1931년 잡지 《혜성》에 장편 《어머니와 딸》을 발표하면서 등단하였다. 특히 1934년 《동아일보》에 연재한 《인간문제》는 노동자의 삶을 예리하게 파헤쳐 근대소설사에서 빼놓을 수 없는 작품으로 평가받고 있다. 주요 작품으로 단편 〈지하촌〉, 〈채전〉 및 장편 《소금》, 《인간문제》 등이 있다.

계용묵

단편 〈상환〉을 《조선문단》에 발표하면서 문단에 등장했다. 〈최서방〉, 〈인두지주〉 등 현실적이고 경향적인 작품을 발표했으나 이후 약 10여 년 간 절필하였다. 《조선문단》에 인간의 애욕과 물욕을 그린 〈백치 아다다〉를 발표하면서부터 순수문학을 지향하는 일관된 작품 경향을 유지했다.

김기림

한국 모더니즘을 대표하는 시인이자 평론가. 주지주의 문학을 국내에 소개하는 데 앞장섰다. 특히 이상, 백석, 정지용 등은 그의 평론으로 인해 이름을 널리 알리게 되었으며, 그중 이상과는 사이가 각별했던 것으로 알려져 있다. 주요 작품으로 시집 《기상도》와 《태양의 풍속》, 평론집 《문학개론》 등이 있다.

김남천

카프 해소파의 주도적 역할을 하였고 사회주의 리얼리즘 논쟁에 대해서 러시아의 현실과는 다른 한국의 특수상황에 대한 고찰을 꾀해 모럴론 · 고발문학론 · 관찰문학론 및 발자크 문학연구에까지 이르는 일련의 '리얼리즘론'을 전개하였다. 대표작으로 장편 《대하》, 중편 〈맥〉 등이 있다.

김상용

《남으로 창을 내겠소》로 잘 알려진 시인. 8 · 15 광복 후 미 군정에 의해 강원도 도지사에 임명되었으나 며칠 만에 사임하고 이화여자대학교 교수로 복귀 후 미국으로 건너가 보스턴대학에서 영문학을 연구하고 돌아왔다. 주요 작품으로 〈그러나 거문고의 줄은 없고나〉, 〈남으로 창을 내겠소〉 등이 있다.

김유정

1935년 소설 〈소낙비〉가 《조선일보》 신춘문예에, 〈노다지〉가 《중외일보》에 각각 당선되며 문단에 데뷔하였다. 일제 강점기의 혹독한 현실 속에서 해학을 통해 어둡고 삭막한 농촌 현실과 농민들의 곤궁한 삶을 담은 작품을 다수 남겼다. 〈봄봄〉, 〈금 따는 콩밭〉, 〈동백꽃〉 30편에 가까운 작품을 발표했다.

김진섭

현대에 들어 가장 본격적인 수필 창작가이자 수필 이론가로서 수필을 문학의 수준으로 끌어올렸다는 평가를 받고 있다. 1947년 첫 수필집 《인생예찬》, 1948년에는 수필가로서의 그의 위치를 굳힌 본격적인 수필집 《생활인의 철학》을 간행하였다.

나도향

《백조》 동인으로 참여한 것이 계기가 되어 문단에 진출하였다. 초기에는 〈젊은이의 시절〉, 〈별을 안거든 울지나 말걸〉 등 애상적이고 감상적인 작품을 발표했지만 이후 〈물레방아〉, 〈뽕〉, 〈벙어리 삼룡이〉 등 객관적이고 사실주의적 경향을 보였다. 작가로서 완숙의 경지에 접어들려 할 때 요절하였다.

노자영

《백조》창간 동인으로서 작품활동을 시작하였고, 잡지 《신인문학》을 창간해 후진 양성에도 힘썼다. 특히 시와 수필에 있어서 소녀적인 센티멘털리즘으로 일관하여 자신의 시에 '수필시'라는 특이한 명칭을 붙이기도 하였다. 주요 작품으로 시집 《처녀의 화환》을 비롯해 서간집 《나의 화환》 등이 있다.

노천명

이화여전 재학 중 시 〈밤의 찬미〉, 〈포구의 밤〉 등을 발표하였고, 그 후 〈눈 오는 밤〉, 〈사슴처럼〉, 〈망향〉 등 주로 애틋한 향수를 노래한 시를 발표하였다. 널리 애송된 대표작 〈사슴〉으로 인해 '사슴의 시인'으로 불린다. 주요 작품으로 시집 《산호림》과 《별을 쳐다보며》, 수필집 《산딸기》 등이 있다.

민태원

《동아일보》사회부장, 《조선일보》편집국장을 역임하였으며, 《레미제라블》을 〈애사〉라는 제목으로 번안하여 《매일신보》에 연재하였다. 특히 수필 〈청춘예찬〉은 청춘을 찬미하고 격려한 것으로 중학교 국어교과서에 실려 많은 이들로부터 사랑을 받았다. 주요 작품으로는 《부평초》, 《소녀》 등이 있다.

박용철

잡지 《시문학》을 창간한 시인. 대표작으로 〈떠나가는 배〉, 〈밤 기차에 그대를 보내고〉 등이 있으며, 다수의 시와 희곡을 번역하였다. 비평가로서 활약하기도 하였다. 계급문학의 이데올로기와 모더니즘의 경박한 기교에 반발하며 문학의 순수성 추구를 표방했다.

방정환

한국 최초의 순수 아동잡지 《어린이》의 창간하고, 1921년 '어린이'라는 단어를 공식화하며, 1923년 5월 1일 한국 최초의 어린이날을 만들었다. 이후 '세계아동예술전람회'와 '구연동화회'를 만드는 등 아동문학가 및 사회운동가로 활동했다. 주요 작품으로 《사랑의 선물》과 사후에 발간된 《소파전집》 등이 있다.

윤동주

어둡고 가난한 현실 속에서 인간의 삶과 고뇌를 사색하고, 일본에 고통받는 조국의 현실을 가슴 아프게 생각했던 민족시인. 독립운동 혐의로 체포되어 복역 중 의문사했다. 주요 작품으로 〈서시〉, 〈별 헤는 밤〉, 〈자화상〉 등이 있으며, 사후 《하늘과 바람과 별과 시》라는 제목으로 시집이 발간되었다.

이광수

한국 근대 정신사 전개과정에서 중요한 역할을 했으며, 최초의 근대 장편소설 《무정》을 썼다. 1919년 '2·8 독립선언서'를 기초하고 상하이로 탈출, 임시정부 기관지인 《독립신문》의 주간으로 활동했지만, 친일 행위로 인해 그 빛이 바래고 말았다. 주요 작품으로 〈흙〉, 〈유정〉, 〈단종애사〉 등이 있다.

이 상

현대 문학을 논할 때 결코 빼놓을 수 없는 시인이자, 소설가, 수필가, 모더니즘 운동의 기수. 건축가로 일하면서 수많은 작품을 발표하였으며, 전위적이고 해체적인 글쓰기로 한국 모더니즘 문학사를 개척하였다. 주요 작품으로 소설 〈날개〉를 비롯해 시 〈거울〉, 〈오감도〉 등 수많은 작품이 있다.

이태준

근대를 대표하는 단편소설 작가. 특히 단편소설의 서정성을 높여 예술적 완성도와 깊이를 높였다는 평가를 받고 있다. 구인회에 가담하였고, 이화여전 강사와 《조선중앙일보》 학예부장 등을 역임하였다. 주요 작품으로 수필집 《무서록》과 문장론 《문장강화》 및 다수의 소설이 있다.

이효석

근대 한국 순수문학을 대표하는 소설가. 1928년 《조선지광》에 단편 〈도시와 유령〉을 발표하면서 등단하였다. 한국 단편문학의 전형적인 수작이라고 할 수 있는 〈메밀꽃 필 무렵〉을 썼다. 장편 《화분》 등을 통해 성(性) 본능과 개방을 추구한 새로운 작품 및 서구적인 분위기를 풍기는 작품으로 주목받았다.

정지용

시 〈향수〉, 〈유리창〉과 같은 서정성 짙은 시로 잘 알려진 시인. 참신한 이미지와 절제된 시어로 한국 현대시의 새로운 시대를 개척했으며, 박용철, 김영랑 등과 함께 '시문학파'를 결성해 활동하기도 했다. 주요 작품으로 시집 《정지용 시집》과 《백록담》을 비롯해 산문집 《문학독본》, 《산문》 등이 있다.

채만식

민족이 처한 현실을 풍자적이고 해학적으로 표현해 풍자소설의 대가로 불린다. 계급적 관념의 현실 인식 감각과 전래의 구전문학 형식을 오늘에 되살리는 특유한 진술 형식을 창조했다. 주요 작품으로 단편 〈레디메이드 인생〉과 〈태평천하〉를 비롯해 장편 《탁류》 등이 있다.

최서해

신경향파의 대표적 소설가. 몇 명의 엘리트의 눈으로 바라본 일부의 삶이 아닌 실제 체험을 통한 대다수 극빈층의 생활상을 날카롭게 표현해 그들의 울분과 서러움을 적나라하게 드러내고 있다. 이에 그의 문학을 '체험문학', '빈궁문학'이라고 일컫는다. 주요 작품으로 〈탈출기〉, 〈홍염〉 등이 있다.

현진건

김동인, 염상섭과 함께 사실주의적 단편소설의 모형을 확립한 작가로, 사실주의 문학의 개척자로 평가받고 있다. 특히 아이러니한 수법에 의해 현실을 고발하고 역사소설을 통해 민족혼을 표현하고자 했다. 〈빈처〉로 인정받기 시작했으며 〈백조〉, 〈타락자〉, 〈운수 좋은 날〉, 〈불〉 등을 발표하였다.

퇴근 후 에세이 한 편

초판 1쇄 인쇄 2017년 1월 5일
초판 1쇄 발행 2017년 1월 12일

엮은이 김현미
발행인 임채성
디자인 산타클로스

펴낸곳 도서출판 루이앤휴잇
주 소 서울시 양천구 목동 923-14 드림타워 제10층 1010호
전 화 070-4121-6304 　　　　**팩 스** 02)332 - 6306
메 일 pacemaker386@gmail.com
카 페 http://cafe.naver.com/lewuinhewit
블로그 http://blog.naver.com/asra21, http://blog.daum.net/newcs

출판등록 2011년 8월 30일(신고번호 제313 - 2011 - 244호)

종이책 ISBN 979-11-86273-25-8　　03810
전자책 ISBN 979-11-86273-26-5　　05810

저작권자 ⓒ 2017 김현미
COPYRIGHT ⓒ 2017 by Kim Hyun Mi
이 도서의 국립중앙도서관 출판시도서목록(CIP)은 서지정보유통지원시스템 홈페이지
(http://seoji.nl.go.kr)와 국가자료공동목록시스템(http://www.nl.go.kr/kolisnet)에서
이용하실 수 있습니다. (CIP제어번호: CIP2016028385)